站在巨人的肩上

Standing on the Shoulders of Giants

数 ÷ 学 = (女 × 孩) 的

秘密笔记 三角函数篇

[日] 结城 浩 ◇ 著

陈朕疆 ◇ 译 洪万生 ◇ 审

人民邮电出版社

北京

图书在版编目(CIP)数据

数学女孩的秘密笔记.三角函数篇 / (日) 结城浩著；
陈朕疆译. -- 北京：人民邮电出版社，2024.1（2024.6重印）
（图灵新知）
ISBN 978-7-115-62573-1

Ⅰ.①数… Ⅱ.①结… ②陈… Ⅲ.①长篇小说—日
本—现代 Ⅳ.①I313.45

中国国家版本馆CIP数据核字(2023)第165792号

内 容 提 要

"数学女孩"系列以小说的形式展开，重点讲述一群年轻人探寻数学之美的故事，内容深入浅出，讲解十分精妙，被称为"绝赞的数学科普书"。"数学女孩的秘密笔记"是"数学女孩"的延伸系列。作者结城浩收集了互联网上读者针对"数学女孩"系列提出的问题，整理成篇，以人物对话和练习题的形式，生动巧妙地解说各种数学概念。主人公"我"是一名高中男生，喜欢数学，兴趣是讨论计算公式，经常独自在书桌前思考数学问题。进入高中后，"我"先后结识了一群好友。几个年轻人一起在数学的世界中畅游。本书非常适合对数学感兴趣的初高中生及成人阅读。

◆ 著　　　　[日] 结城浩
　　译　　　　陈朕疆
　　审　　　　洪万生
　　责任编辑　魏勇俊
　　责任印制　胡　南
◆ 人民邮电出版社出版发行　　北京市丰台区成寿寺路11号
　　邮编　100164　电子邮件　315@ptpress.com.cn
　　网址　https://www.ptpress.com.cn
　　北京市艺辉印刷有限公司印刷
◆ 开本：880×1230　1/32
　　印张：9.375　　　　　　　2024年1月第1版
　　字数：177千字　　　　　 2024年6月北京第3次印刷
　　著作权合同登记号　图字：01-2021-3524号

定价：59.80元
读者服务热线：(010)84084456-6009　印装质量热线：(010)81055316
反盗版热线：(010)81055315
广告经营许可证：京东市监广登字20170147号

序章

映入瞳眸的图。

双眼所见的图。

三角形是三角形，圆是圆。

这些图，谁都看得见。

这些图，谁都能分辨。

三角形是三角形，圆是圆——真是如此吗？

去探寻难以捉摸的图吧。

去追求无法一眼看穿的图。

寻找，寻找，寻找圆。

在九十六个角中，寻找圆。

睁大双眼，睁大双眼。

睁大双眼，透析图的本质。

去发现无法轻易辨识的图。

去探索虚幻图形的本质。

从三角形开始，认识圆，

最后，理解螺旋。

从提问开始，切入算式，

最后，理解世界。

理解我们所生存的世界——表象之下的本质。

献给你

本书将由由梨、蒂蒂、米尔迦与"我",展开一连串的数学对话。

在阅读中,若有理不清来龙去脉的故事情节,或看不懂的数学公式,你可以跳过去继续阅读,但是务必详读他们的对话,不要跳过。

用心倾听,你也能加入这场数学对话。

编者注

本书中图片因原图无法编辑,为防止重新绘制出错,故图中变量正斜体问题不做修改。

登场人物介绍

我

高中二年级，本书的叙述者。

喜欢数学，尤其是数学公式。

由梨

初中二年级，"我"的表妹。

总是绑着栗色马尾，喜欢逻辑。

蒂蒂

本名为蒂德拉，高中一年级，精力充沛的"元气少女"。

留着俏丽短发，闪亮的大眼睛是她吸引人的特点。

米尔迦

高中二年级，数学才女，能言善辩。

留着一头乌黑亮丽的秀发，戴金属框眼镜。

妈妈

"我"的妈妈。

瑞谷老师

学校图书室的管理员。

目录

圆圆的三角形

"顾名思义——名字往往表现了本质。"

1.1　在图书室

　　我是一名高二学生。放学后，我一如往常前往图书室，看见学妹蒂蒂正在笔记本上写下许多数学算式。

我："蒂蒂，又在学数学吗?"

蒂蒂："啊，学长! 是啊，因为学长教我很多东西，让我觉得学数学变好玩了……"

我："真是太好了。你最近学什么呢?"

蒂蒂："嗯……最近在想三角函数的问题。"

　　我很喜欢数学，也很擅长，学习一定先学数学。以前蒂蒂不太擅长数学，不过和我讨论几次后，她也爱上了数学。

我："原来如此，例如 sin（正弦）和 cos（余弦）吗?"

蒂蒂："是啊……"

　　蒂蒂的脸色突然沉了下来。

我："怎么了?"

蒂蒂："虽然听学长讲解很有趣……可是三角函数实在太难了。"

我："说的也是，不过，习惯了就不会觉得难了。"

蒂蒂："三角函数这个名称似乎和图形有关，又好像没有关系。三角函数究竟是什么呢?"

我："这个问题很难用一句话回答呢——不如我们一起想想看吧!"

蒂蒂："好，麻烦学长了!"

蒂蒂对我深深鞠了一躬。

1.2　直角三角形

我："我不知道你有多了解三角函数，所以我们从基础开始讨论吧?"

蒂蒂："好的。"

我："首先，请你画一个直角三角形。"

蒂蒂："嗯……这样吗?"

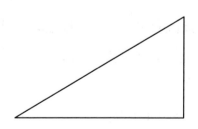

我："嗯，这看起来'很像'直角三角形。"

蒂蒂："是啊……咦？这样画不对吗？"

我："画直角三角形要明确标示'直角记号'，告诉别人'这里是直角'，比较好哦。"

蒂蒂："啊，你说得对。'这里是直角'……我标好了。"

　　　乖巧的蒂蒂立刻标上"直角记号"。

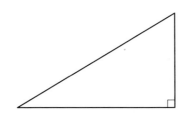

明确标示直角三角形的"直角记号"

我："没错，这样就对了。标示'直角记号'能够帮助理解。"

蒂蒂："好，我明白!"

　　　蒂蒂精神抖擞地回答，并把重点写进《秘密笔记》。蒂蒂只要学到新知识、发现新事物都会把它们记录到这本笔记中。

1.3　角的表示法

我："首先，从基础开始说明吧! 三角形有三个角，而直角三角形有一个角是直角——角度为 90°。"

蒂蒂："是啊，有一个角是直角。"

我："接着，我们看看另外两个角中的一个，把这个角命名为 θ。"

蒂蒂："θ（theta）……学长，这是希腊字母吗？"

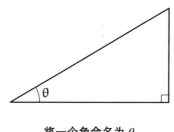

将一个角命名为 θ

我："是啊，一般都用希腊字母来表示角，但不一定要用希腊字母啦。"

蒂蒂："原来如此。"

我："数学中常出现字母、符号、名称等，很多人看到这些便会退缩。"

蒂蒂："啊……其实我不擅长应付有一大堆符号的题目。我想掌握这些符号，它们却落下我好远，让我忍不住想叫它们'等等我'。"

我："这样啊……放心，符号不会一直落下你啦。"

蒂蒂："没错啦……"

我："如果一堆符号让你觉得烦躁，可以放慢阅读符号的速度。"

蒂蒂："放慢阅读符号的速度？"

我："嗯，你必须'别急着跳过熟悉的符号'。"

蒂蒂："原来如此！我会努力和所有符号交'朋友'！"

　　蒂蒂的双眼闪烁着光芒，脸上露出迷人的微笑。

1.4　顶点与边的表示法

我："既然提到角的表示法，顺便讲讲顶点和边的表示法吧。以你
　　画的三角形为例，顶点和边可以这样表示……"

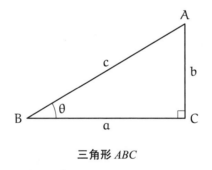

三角形 ABC

蒂蒂："A、B、C 是顶点吧？"

我："没错，顶点通常以大写字母表示，而且大多是英文字母，而
　　非希腊字母。三个顶点依照 $A \to B \to C$ 的顺序，围成三角形
　　ABC，此顺序通常是逆时针绕一圈，不过这并非强制规定。"

蒂蒂："嗯，我明白了。"

我："如果图形旁边有注释文字，一定要'图文对照阅读'，这点

很重要。"

蒂蒂："图文对照阅读是什么意思？"

我："例如，图的旁边写着'三角形 ABC'，必须逐个确认顶点 A、B、C 的位置。"

蒂蒂："我知道了，A 在这里，B 在这里，C 在这里。"

蒂蒂精神抖擞地用手指确认每个顶点的位置。

我："顶点和边的命名方式有点不一样。顶点通常以大写字母表示，边则以小写字母表示。"

蒂蒂："这样啊……"

我："与顶点相对的边，其表示方法是，把顶点的英文大写改成小写。"

蒂蒂："这样吗？顶点 A 和边 a ……"

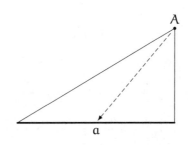

用相对的顶点的小写字母表示边

我："没错，与顶点 B 相对的是边 b。"

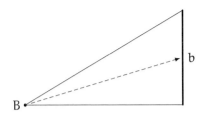

蒂蒂："与顶点 C 相对的是边 c！"

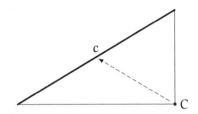

我："不过，不一定要用 A、B、C 来表示，用其他字母也可以解
数学题目，不会产生任何问题。只是在多数情况下，这种表
示法比较方便。若题目没有特别限制，通常会用 A、B、C
来表示。"

蒂蒂："嗯，我明白。"

1.5 sin

我："接下来，我们把焦点放在直角三角形的角 θ，以及 b、c 两
条边上，请看下页图。"

蒂蒂："好。"

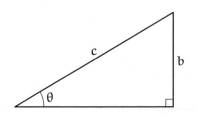

蒂蒂很听话，专心看着这张图。不，不只是看，蒂蒂还喃喃自语"边 b 和边 c"，以手指确认，真的很乖。

我："下一步，我们探讨'角 θ 的大小'与'边 b、边 c 的长度'有什么关系。"

蒂蒂："角与边的关系……"

我："在这个直角三角形中，我们先固定'角 θ 的大小'，并拉长'边 c'，把边 c 的长度拉到原来的两倍，便能得到下图的直角三角形。"

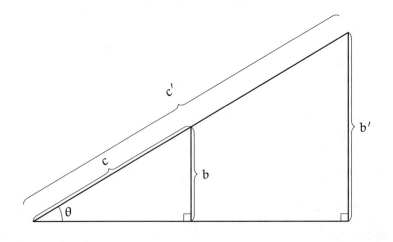

蒂蒂："嗯，把边 c 拉长成边 c'。"

我："此时，为了保持直角三角形的形状，垂直的边 b 也必须拉长成边 b'。"

蒂蒂："是的，这个我懂。"

我："边 c 拉长成边 c'，长度变为原来的两倍，所以边 b 拉长成边 b'，长度也要变成原来的两倍。"

蒂蒂："没错。"

我："还可以继续拉长，如果我们把边 c 拉成原来的三倍、四倍……边 b 也要拉成原来的三倍、四倍……"

蒂蒂："是的，所以边 b 和边 c 成正比。"

我："没错！也就是说，若'角 θ 的大小固定'，则'边 b 和边 c 的比例亦固定'。"

蒂蒂："比例亦固定……"

我："换句话说，若'角 θ 的大小固定'，则'分数 $\dfrac{b}{c}$ 的数值亦固定'。"

蒂蒂："学长，这句话是说，若分母 c 变成原来的两倍、三倍……分子 b 也会变成原来的两倍、三倍……是吗？"

我："没错。"

蒂蒂："原来如此，我懂了！可是学长，我有问题……"

我："什么？"

蒂蒂："这些知识和三角函数有关吗？"

我："有关。我们在讨论的，其实就是三角函数。"

蒂蒂："是吗?"

我："刚才我们得到了以下结论，对吧?"

若直角三角形"角 θ 的大小固定"，则"分数 $\dfrac{b}{c}$ 的数值亦固定"。

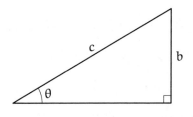

蒂蒂："没错。"

我："也可以用以下方式描述。"

若直角三角形"角 θ 的大小已知"，则"分数 $\dfrac{b}{c}$ 的数值为定值"。

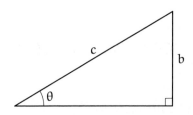

蒂蒂："嗯……啊，没错！因为固定角 θ，直角三角形的形状就会保持不变，所以分数 $\dfrac{b}{c}$ 的数值为定值。虽然需实际计算才可知确切数值，但的确是固定的数值。"

我："那是 sin 的定义，蒂蒂。"

蒂蒂："咦?"

我："'角的大小'固定，则'分数 $\dfrac{b}{c}$ 的数值'为定值。我们为'分数 $\dfrac{b}{c}$ 的数值'取个名字吧！表示为 $\sin\theta$！"

蒂蒂："咦!"

我："这样表示，即可清楚说明直角三角形，不过——啊!"

蒂蒂突然抓住我的手腕。

蒂蒂："学长！学长！学长！难道这就是三角函数的 sin 吗?"

我："sin ?"

蒂蒂："$\sin\theta$ 是指直角三角形 $\dfrac{b}{c}$ 的数值吗?"

我："是啊。刚才我们以直角三角形定义 $\sin\theta$，由于 θ 在 0° 和 90° 之间，所以 $\sin\theta$ 和 $\dfrac{b}{c}$ 相等。"

以直角三角形两边比例，定义 $\sin\theta$ $(0° < \theta < 90°)$：

$$\sin\theta = \frac{b}{c}$$

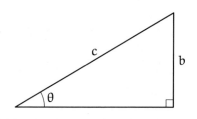

蒂蒂惊呼不已，把重点记录于《秘密笔记》。

1.6 sin 的记忆法

蒂蒂："这些重点，上课时老师似乎教过。"

我："是啊，老师教三角比例的时候，应该讲解过这些。"

蒂蒂："那时候我大概被一堆符号压得喘不过气……"

我："是吗？我觉得目前还没用到很多符号啊。"

蒂蒂："三角形有三条边，分母和分子的组合有很多种呀！"

我："你是指 sin 的记忆法吗？有一种著名的 sin 记忆法……一边写草写体的 s，一边念 'c 分之 b'，按照 c → b 的顺序，计算 sin 值，而 s 代表 sin。"

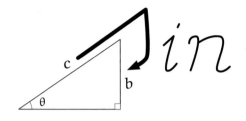

sinθ的记忆法

蒂蒂："我以前应该学过这种记忆法，不过我总是不知道直角该放
　　　在左边还是右边，所以总搞混……"

我："哈哈哈！原来如此，你因为不知道三角形该怎么摆而困惑
　　　呀。这种记忆法不需要考虑'直角放在哪里'，只建立在
　　　'所求的角 θ 在左边'的前提上。"

蒂蒂："角 θ 在左边……"

我："先不管记忆法，如果你不了解 sin 能决定的是什么，我很
　　　难继续说明。"

蒂蒂："决定的是什么……"

我："没错，在刚才的例子中，知道 θ 是多少，即能确定 $\dfrac{b}{c}$ 是
　　　多少。"

蒂蒂："……"

我："亦即'能由 sinθ 求出 $\dfrac{b}{c}$'。"

蒂蒂："啊！"

　　蒂蒂的大眼睛睁得更大，仿佛突然领悟了。

1.7 cos

我："明白 sin 的意义，cos 会变得简单许多。现在，请看下面这
个直角三角形的'角 θ'，以及'a、c'两条边。和刚才讨论
的边不一样吧？"

蒂蒂："是的。"

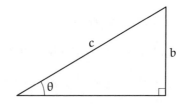

我："依照刚才的步骤，固定'角 θ 的大小'，拉长'边 c'。把边
c 拉成原来的两倍，便能得到下图的直角三角形。"

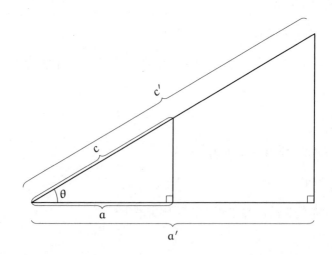

蒂蒂："下面的边 a 亦变成原来的两倍，成为 a'。"

我："没错。在这个例子中请注意，若'固定角 θ 的大小'，则'边 a 与边 c 的比例固定'，而'分数 $\dfrac{a}{c}$ 的数值'就是 $\cos\theta$。"

蒂蒂："与 $\sin\theta$ 的情况很像！"

以直角三角形两边比例，定义 $\cos\theta(0° < \theta < 90°)$：

$$\cos\theta = \frac{a}{c}$$

我："记忆 $\cos$ 的定义，可以利用字母 c 的草写体，依照 $c \to a$ 的顺序写成分数，c 代表 $\cos$。"

$\cos\theta$ 的记忆法

蒂蒂："啊，cos 也是'把所求的角 θ 放在左边'吧？"

我："是啊，sin 和 cos 的基本知识大概就是这样。"

蒂蒂："到目前为止，我都听得懂！"

1.8　拿掉限制

我："接下来，拿掉 $0° < \theta < 90°$ 的限制。"

蒂蒂："拿掉……限制？"

我："没错，限制 θ 会有许多不便之处。"

蒂蒂："我常会忘记那些限制条件……"

我："你知道为什么角 θ 有 $0° < \theta < 90°$ 的限制吗？因为这是用直角三角形来定义 sin。"

蒂蒂："嗯，我知道。如果 θ 大于 90°，三角形不会是直角三角形。"

我："没错，所以接下来我们不用直角三角形来定义 sin。"

蒂蒂："什么？"

我："接下来，我们用圆重新定义 sin 吧。"

蒂蒂："用圆来定义三角函数？"

我："是啊。"

蒂蒂："所以……在数学上，有两种 sin 吗？"

我："两种？"

蒂蒂："一种是用直角三角形定义的 sin，另一种是用圆定义的
　　　sin……"

我："啊，不对，我不是这个意思。若 $0° < \theta < 90°$，则用圆和直角
　　　三角形定义的 sin 完全一样。"

蒂蒂："这样啊……有点复杂。"

我："一点也不复杂，放心，这只是大家公认的规则。"

蒂蒂："是吗……"

我："我们从头复习一遍吧！一开始，我们用直角三角形的两边比
　　　例定义 sin，构成一个分数。"

以直角三角形两边比例，定义 $\sin \theta \, (0° < \theta < 90°)$

$$\sin \theta = \frac{b}{c}$$

蒂蒂："没错。"

我："分数 $\dfrac{b}{c}$ 很重要。我们把 c 的长度设为 1 吧，你可以想成，把

　　直角三角形的三个边都乘以 c 分之 1。"

蒂蒂："为什么要这么做呢?"

我："如果 $c=1$，则 $\sin\theta = \dfrac{b}{c} = \dfrac{b}{1} = b$，算式会变简单。"

蒂蒂："这样啊……"

我："而且，如果 $\sin\theta = b$，则三角形的一条边会等于 sin 的值。"

以直角三角形两边比例，定义 $\sin\theta$ $(0° < \theta < 90°)$：

$$\sin\theta = b \quad (c=1)$$

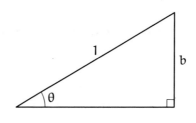

我："将直角三角形 θ 角所在的顶点置于坐标平面的原点，并将直角置于 x 轴上，第三个顶点表示为 P，可画出下页的图。"

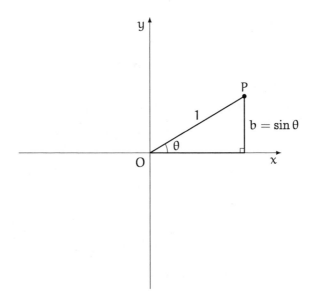

将直角三角形置于坐标平面上

蒂蒂："……"

我："这时，因为 $c=1$，所以顶点 P 的'高度'是 $\sin\theta$。"

蒂蒂："高度？"

我："高度就是坐标平面上，'P 点比 x 轴高多少'的意思。"

蒂蒂："啊，我知道了。"

我："来出题吧！若改变角 θ，点 P 的轨迹是什么图形呢？"

问题

若改变角 θ，点 P 的轨迹是什么图形呢?

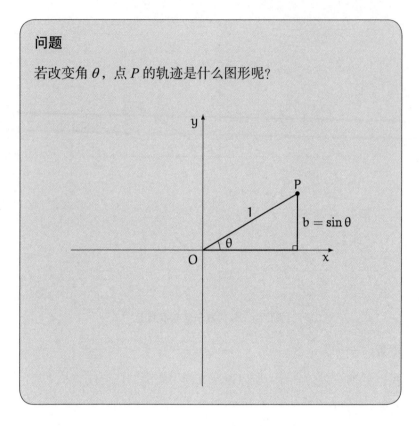

蒂蒂："抱歉，我不确定……不过，看起来弯弯的，应该是圆吧?"

我："没错，就是圆。因为点 O 和点 P 的距离固定为 1，和圆规转一圈所画的圆一样。点 P 的轨迹是一个圆。"

蒂蒂："原来如此。"

我："对了，蒂蒂……不需要说'抱歉'啦，你没有错。"

蒂蒂："啊，好，抱歉! ……啊! 不是啦!"

问题的答案

若改变角 θ，点 P 的轨迹是一个圆。

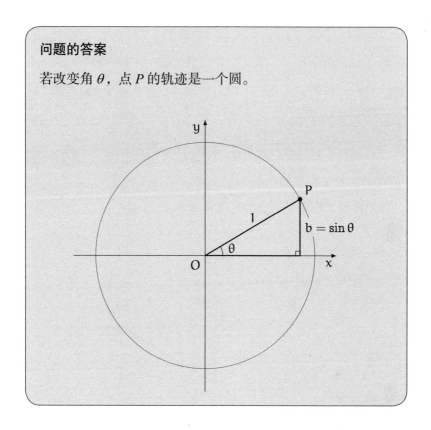

我："半径是 1 的圆，称为单位圆。而上图中的单位圆，以原点为
　　圆心。"

蒂蒂："单位圆啊……"

　　蒂蒂在《秘密笔记》里记下这个专有名词。

我："如此一来，我们便能摆脱直角三角形的束缚。"

蒂蒂："我们之前有被直角三角形束缚吗?"

我："有，因为我们用直角三角形来定义 $\sin \theta$。假如 $\theta=0°$，即无法形成直角三角形，没办法继续解题。"

蒂蒂："如果角度是 0°，直角三角形会啪的一声被压扁！"

我："没错。以圆定义 $\sin\theta$，则可规定'$\sin\theta$ 为点 P 的 y 坐标'。"

蒂蒂："点 P 的 y 坐标……"

我："直接看图比较容易了解哦。"

以单位圆上点 P 的 y 坐标来定义 $\sin\theta$。

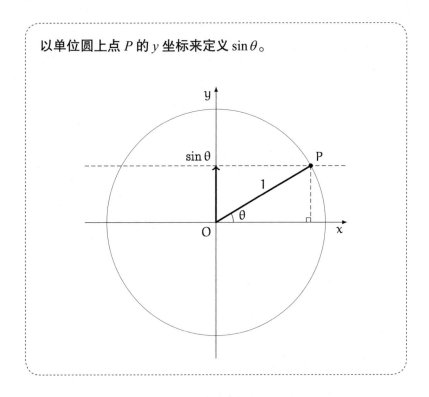

蒂蒂："……"

我："由上图可知，在 $0° < \theta < 90°$ 的范围内，以这个方式定义的"

sin θ 值，和以直角三角形定义的 sin θ 值，完全一样。"

蒂蒂："真的耶，里面有一个直角三角形!"

我："没错。"

蒂蒂："啊……我明白学长说的'高度'是什么意思了。"

我："请注意，点 P 改变位置，'高度'有可能变成负值。"

蒂蒂："变成负值?"

我："是啊。改变 θ，可能会使 sin θ<0，请看下图的例子。"

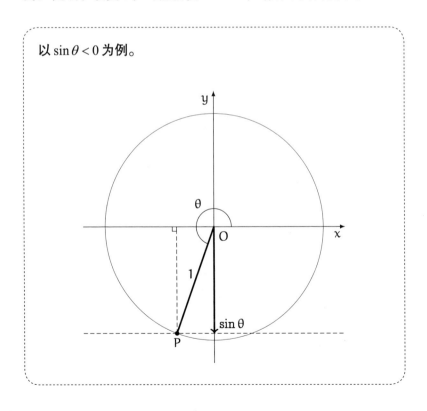

以 sin θ < 0 为例。

蒂蒂："原来如此！点 P 可能会转到 x 轴下面。"

我："把 θ 值逐渐加大的情形画成图，可以看得很清楚。"

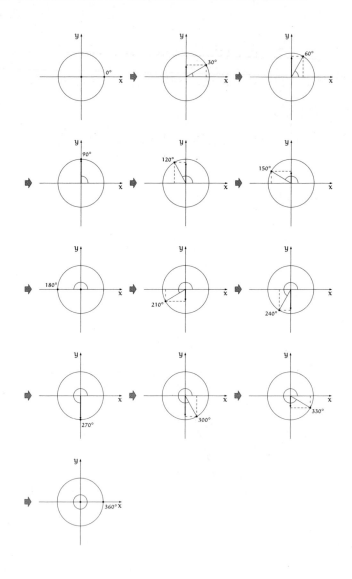

在单位圆的圆周上，每 30° 标一点。

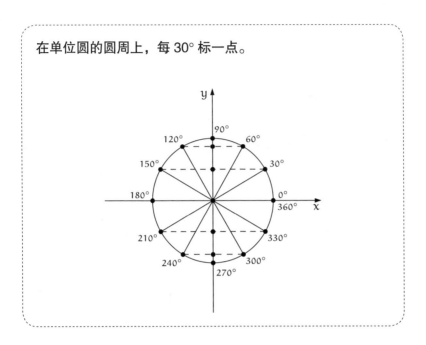

蒂蒂："原来如此……啊！学长，下面的式子会成立吗？"

$$-1 \leqslant \sin\theta \leqslant 1$$

我："是的！正是如此。为什么你会想到这个式子呢？"

蒂蒂："因为这个圆的半径是 1，圆最'高'点的 y 坐标是 1，所以最'低'点的 y 坐标应该是 -1。而且点 P 的 y 坐标是 $\sin\theta$，所以 $\sin\theta$ 一定介于 -1 和 1 之间！"

我："没错，你竟然发现了这一点，很厉害哦！不管角度 θ 是多少，$-1 \leqslant \sin\theta \leqslant 1$ 永远成立。这个性质是由 $\sin\theta$ 的定义推导出来的。"

蒂蒂："了解！"

1.9　sin 曲线

米尔迦："什么事让你们这么开心？"

蒂蒂："啊，米尔迦学姐！刚才学长在教我 sin 的性质！"

米尔迦是我的同班同学。她有一头黑色长发，戴着金属框眼镜，是个数学才女，放学后常和我们一起讨论数学问题。米尔迦看了一眼我们的笔记。

米尔迦："噢，接下来，该谈 sin 曲线了吧。"

蒂蒂："sin 曲线……是什么呢？"

米尔迦坐到蒂蒂旁边，顺手抽走我手中的自动铅笔，开始说明。虽然她表面很冷淡，但我看得出来，米尔迦迫不及待想为蒂蒂说明什么是 sin 曲线。

米尔迦："蒂蒂，单位圆所在的坐标平面，横轴和纵轴是什么呢？"

蒂蒂："嗯……x 轴和 y 轴吗？"

米尔迦："没错，所以把单位圆上的点用 (x, y) 来表示，便能发现单位圆上，每个点的 x 和 y 都有着某种关系。"

我："也就是，满足某个条件。"

蒂蒂："啊，没错。这概念与以前描绘的二次函数抛物线一样。"

米尔迦："在这个图的右边，再画一个图，横轴换成 θ，纵轴依旧
是 y。"

蒂蒂："横轴换成 θ……"

我："你之前说过坐标平面的纵轴和横轴很重要吧，米尔迦？"

米尔迦轻轻点头，继续说明，似乎乐在其中。

米尔迦："先将 θ 设定为 $0°$，对齐两张图的点。"

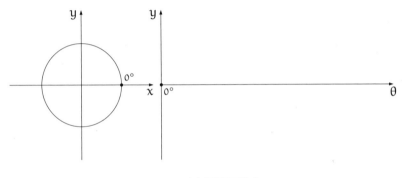

$\theta=0°$，对齐两张图的点

蒂蒂："嗯……右图的横轴是 θ……原来如此！$\theta=0°$，所以
$y=\sin 0°=0$？"

米尔迦："没错，接着看 $\theta=30°$。θ 越来越大，两张图的点会以不
同的方式移动。左图的点会绕圆旋转，右图的点会向右
前进。"

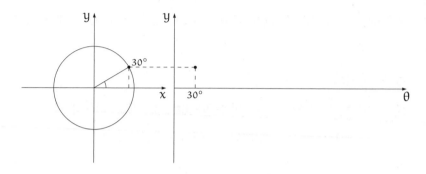

蒂蒂："我想一下……啊，我懂了！左图的点旋转到多高，右图的点就会往上移到多高。"

我："这是因为两张图的纵轴都是 y 轴。"

米尔迦："接下来，是 $\theta = 60°$。左图中点的旋转角度是 $\theta = 30°$ 的两倍，右图中的点向右前进的距离也是两倍。"

蒂蒂："啊……我大概明白为什么右图要把 θ 当作横轴了。"

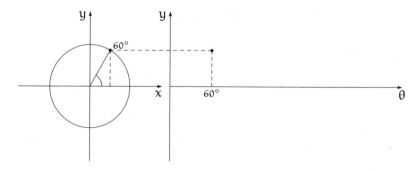

米尔迦："角度再加 30°，θ 变成 90°。"

蒂蒂："啊！所以 $\sin\theta = \sin 90° = 1$！刚好在圆的最高点！"

我："此时，$\sin\theta$ 是最大值。"

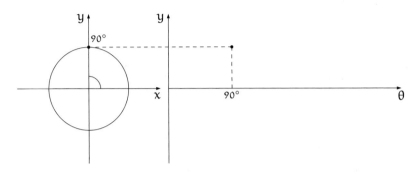

米尔迦："角度再加 30°，θ 变成 120°。"

蒂蒂："此时的高度反而会下降吧！很好懂呢。"

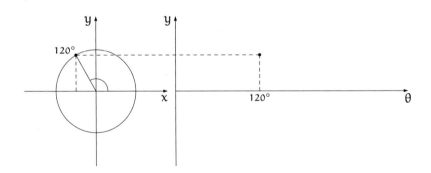

米尔迦："角度再加 30°……"

蒂蒂："嗯……θ 变成 150°。"

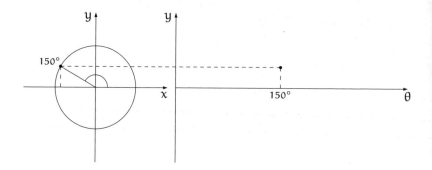

米尔迦："接着是 $\theta=180°$。"

蒂蒂："点回到横轴！因为 $\sin 180°=0$。"

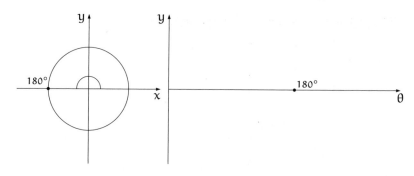

我："如果 θ 继续增大，$\sin \theta$ 会变成负值哦。"

蒂蒂："真的呢，左图的点跑到 x 轴的下面了。180° 加 30°，θ 变
　　成 210°。"

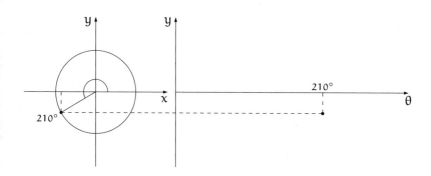

米尔迦："接下来是 240°。"

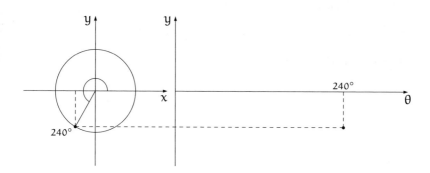

蒂蒂："嗯……不过，我们平常不太使用 240° 这个角度，为什么要讨论呢？"

米尔迦："因为对称性啊。"

蒂蒂："对称性？"

米尔迦："接下来是 270°。"

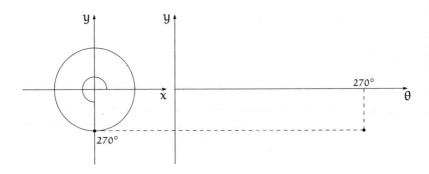

蒂蒂："啊！变成 - 1，因为 sin 270° = -1！"

我："此时，sin θ 是最小值。"

蒂蒂：" sin 90° 是最大值，sin 270° 是最小值！"

米尔迦："接下来是 300°。"

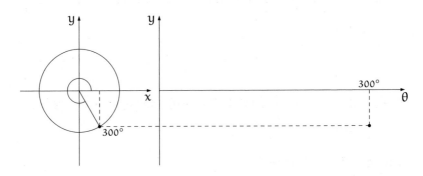

蒂蒂："看起来……有种似曾相识的感觉。"

米尔迦："接下来是 330°。"

蒂蒂："越看越像啊……我总觉得这个高度重复出现过！虽然上下颠倒——也就是，正负相反啦。"

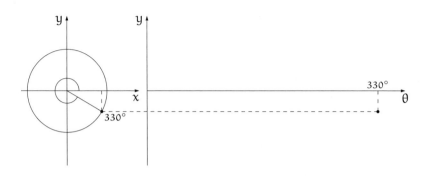

米尔迦："接下来是 360°。"

蒂蒂："转一圈,最后回到初始点,sin 360°＝0。"

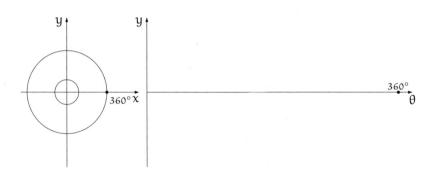

我："蒂蒂,你看得出来 sin 曲线的模样吗?"

蒂蒂："嗯,看出来了! 左图的点在绕圈子,右图的点则'扭扭捏
    捏'地移动。"

米尔迦："这个'扭扭捏捏'的移动轨迹,就是 sin 曲线。我们把
    点标出来,再进一步把点连成曲线吧!"

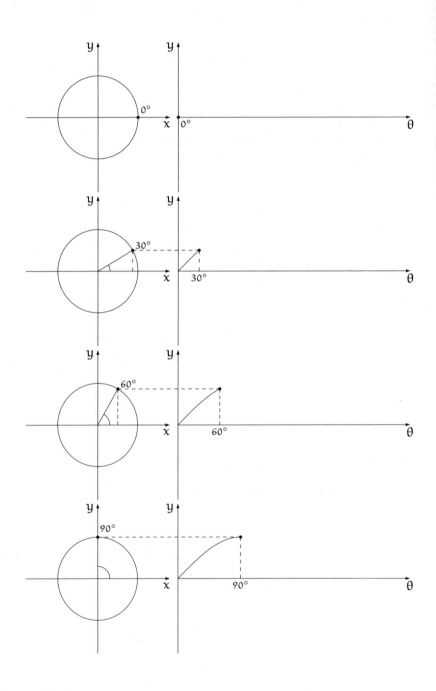

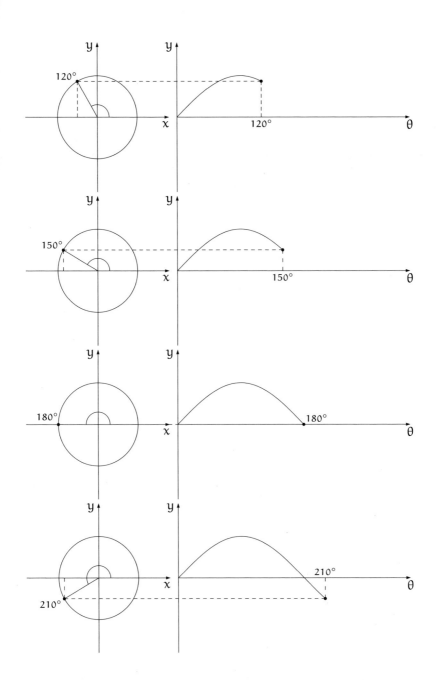

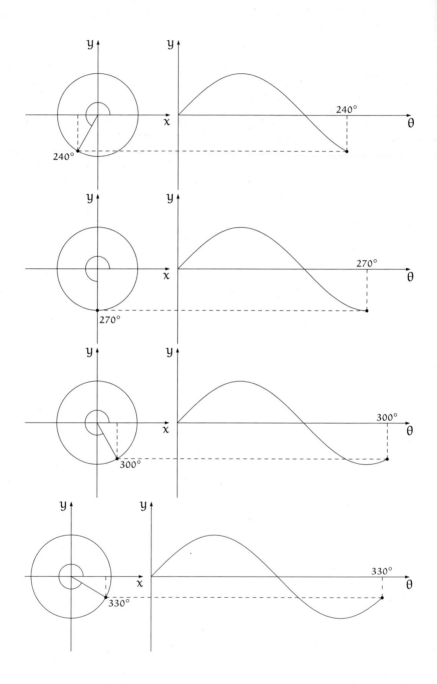

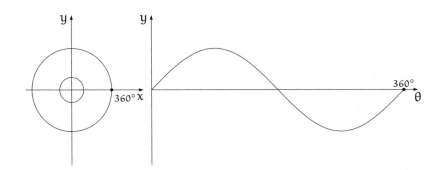

蒂蒂："好漂亮！这就是 sin 曲线啊！"

我："的确很漂亮。"

米尔迦："左图是单位圆，右图是 sin 曲线，对照着看更美呢。"

单位圆对照 sin 曲线

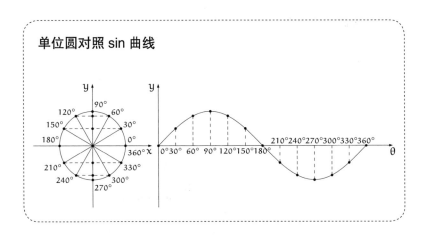

蒂蒂："米尔迦学姐，cos 曲线长什么样子呢？"

米尔迦："cos 曲线？"

蒂蒂："是啊，现在我知道如何依据 $\sin \theta$ 画 sin 曲线，但还是不知道如何依据 $\cos \theta$ 画 cos 曲线……"

米尔迦："一般不会称为 cos 曲线，依据 cos θ 所画的曲线，也称为 sin 曲线。"

蒂蒂："名字一样?"

米尔迦："sin θ 的图形和 cos θ 的图形很像，但还是有点不同。蒂蒂能自己画吧?"

蒂蒂："咦?"

米尔迦："以圆定义 sin θ，sin θ 即表示 y 坐标，而 cos θ 则表示 x 坐标。利用这个概念，蒂蒂便能自己画出 cos θ 的图形。"

以单位圆上点 P 的 x 坐标来定义 cos θ。

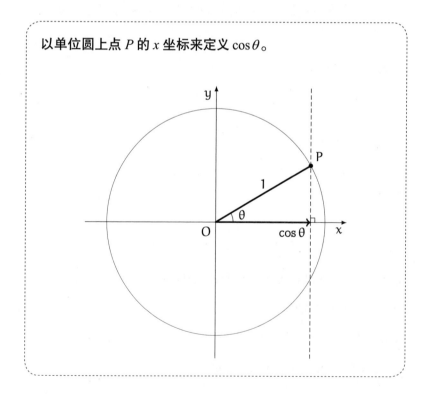

瑞谷老师： "放学时间到！"

一到这个时间，管理图书室的瑞谷老师便会要求大家离开，我们的数学对话到此告一段落。究竟蒂蒂能不能根据前面所学的知识，画出 $\cos\theta$ 的图形呢？

"若名字能完整表现本质，我们便只需知道名字吧？"

附录：英文字母

小写	大写
a	A
b	B
c	C
d	D
e	E
f	F
g	G
h	H
i	I
j	J
k	K
l	L
m	M
n	N
o	O
p	P
q	Q
r	R
s	S
t	T
u	U
v	V
w	W
x	X
y	Y
z	Z

附录：希腊字母

小写	大写	名称
α	A	alpha（阿尔法）
β	B	beta（贝塔）
γ	Γ	gamma（伽马）
δ	Δ	delta（德尔塔）
ϵ　ε	E	epsilon（艾普西隆）
ζ	Z	zeta（泽塔）
η	H	eta（伊塔）
θ	Θ	theta（西塔）
ι	I	iota（约（yāo）塔）
κ	K	kappa（卡帕）
λ	Λ	lambda（拉姆达）
μ	M	mu（谬）
ν	N	nu（纽）
ξ	Ξ	xi（克西）
o	O	omicron（奥米克戎）
π	Π	pi（派）
ρ	P	rho（柔）
σ	Σ	sigma（西格马）
τ	T	tau（陶）
υ	Y	upsilon（宇普西隆）
φ　φ	Φ	phi（斐）
χ	X	chi（希）
ψ	Ψ	psi（普西）
ω	Ω	omega（奥米伽）

附录: 三角板与三角函数的值

三角板的角度包括 30°、45°、60°, 我们来算这些角度的 sin 和 cos 值吧。

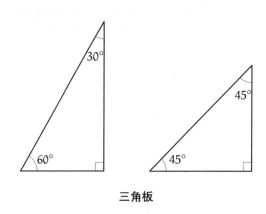

三角板

首先, 30° 和 60° 的三角函数值是多少呢?

如下图, 合并两个有 60° 角的直角三角形, 便能得到三个角皆为 60° 的三角形 ABB'。因为三个角的大小完全相同, 所以三角形 ABB' 是正三角形, 有 $BB'=AB$。

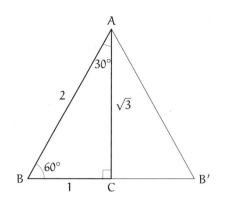

若 $BC=1$，则 $B'C=1$，且 $BB'=AB=2$。由勾股定理（商高定理）可求出直角三角形 ABC 的 AC 长度。

$BC^2 + AC^2 = AB^2$　勾股定理

$1^2 + AC^2 = 2^2$　因为 $BC=1$，且 $AB=2$

$AC^2 = 3$

$AC = \sqrt{3}$

求得 $AC = \sqrt{3}$，便可算出下列三角函数的数值。

$$\cos 30° = \frac{AC}{AB} = \frac{\sqrt{3}}{2}$$

$$\cos 60° = \frac{BC}{AB} = \frac{1}{2}$$

$$\sin 30° = \frac{BC}{AB} = \frac{1}{2}$$

$$\sin 60° = \frac{AC}{AB} = \frac{\sqrt{3}}{2}$$

接着算 45° 的三角函数值。

三角形 DEF 中，角 D 和角 E 皆为 45°，所以三角形 DEF 为 $DF=EF$ 的等腰直角三角形。

假设 $DF=EF=1$，则由勾股定理可求得 DE 的长度。

$DF^2 + EF^2 = DE^2$　勾股定理

$1^2 + 1^2 = DE^2$　因为 $DF = EF = 1$

$DE^2 = 2$

$$DE = \sqrt{2}$$

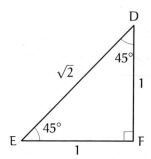

求得 $DE = \sqrt{2}$ 便可算出下列三角函数的数值。

$$\cos 45° = \frac{EF}{DE} = \frac{1}{\sqrt{2}} = \frac{\sqrt{2}}{2}$$

$$\sin 45° = \frac{DF}{DE} = \frac{1}{\sqrt{2}} = \frac{\sqrt{2}}{2}$$

汇总以上结果，可得下表。

三角板与三角函数的值

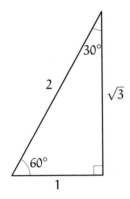

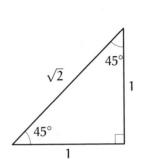

θ	30°	45°	60°
$\cos\theta$	$\dfrac{\sqrt{3}}{2}$	$\dfrac{1}{\sqrt{2}}=\dfrac{\sqrt{2}}{2}$	$\dfrac{1}{2}$
$\sin\theta$	$\dfrac{1}{2}$	$\dfrac{1}{\sqrt{2}}=\dfrac{\sqrt{2}}{2}$	$\dfrac{\sqrt{3}}{2}$

第 1 章的问题

首先，必须彻底理解问题。亦即，我们必须明白自己追寻的答案所具有的意义。

——波利亚（George Pólya）

●问题 1-1（求 $\sin\theta$）

请求 $\sin 45°$ 的值。

（解答在第 250 页）

●问题 1-2（由 $\sin\theta$ 求 θ）

假设 $0° \leqslant \theta \leqslant 360°$，且 $\sin\theta = \dfrac{1}{2}$，请求 θ 值。

（解答在第 251 页）

●问题 1-3（求 $\cos\theta$）

请求 $\cos 0°$ 的值。

（解答在第 253 页）

●问题 1-4（由 $\cos\theta$ 求 θ）

假设 $0° \leqslant \theta \leqslant 360°$，且 $\cos\theta = \dfrac{1}{2}$，请求 θ 值。

（解答在第 253 页）

●问题 1-5（$x = \cos\theta$ 的图形）

假设 $0° \leqslant \theta \leqslant 360°$，请画 $x = \cos\theta$ 的图形，横轴请设为 θ，纵轴请设为 x。

（解答在第 255 页）

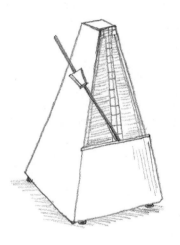

来来回回的轨迹

"来来回回的轨迹并不稀奇……"

2.1　我的房间

由梨："哥哥，这是什么啊?"

　　由梨拿起我随意乱放的活页纸，这么问我。她现在上初中二年级，是我的表妹，住在我家附近，常常跑到我的房间，和我一起玩，总是叫我"哥哥"。

我："你问这个图吗?"

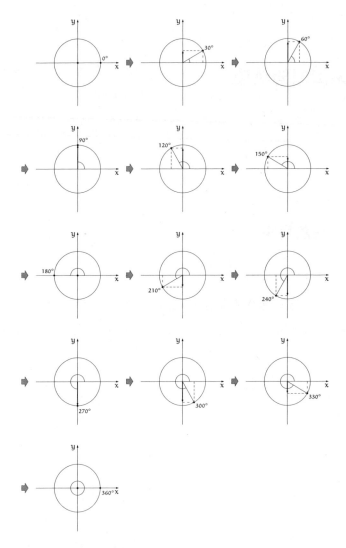

由梨："看起来好像很有趣。"

由梨饶有兴味地看着这些图。她一如往常，穿着牛仔裤，头轻轻一转，栗色马尾便随之摆动。

我："这真的很有趣。这些是以原点 (0, 0) 为圆心的单位圆……"

由梨："单位圆?"

我："单位圆就是半径为 1 的圆。"

由梨："这样啊……"

我："让圆周上的点每次前进 30°，沿着圆周转。"

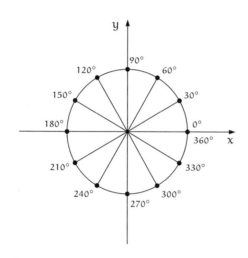

在单位圆的圆周上，使点每次前进 30°

由梨："噢! 点总共绕 360° 吧!"

我："没错，到达 360° 即是回归 0°。"

由梨："这哪里有趣?"

我："用单位圆能定义三角函数呀!"

由梨："三角函数? 听起来好难!"

我："一点也不难。以原点 (0, 0) 为圆心的单位圆，圆周上点的坐标就可以用 sin 和 cos 来表示。"

由梨："啊，我听过 cos 和 sin。"

我："假设转动的角度是 θ，则……"

- x 坐标称为 $\cos\theta$
- y 坐标称为 $\sin\theta$

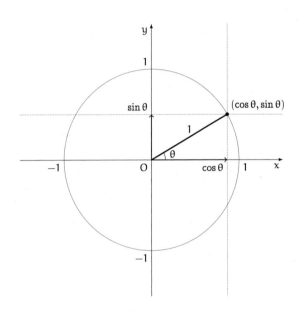

单位圆的圆周上，点 $(x, y) = (\cos\theta, \sin\theta)$

由梨："为什么？"

我："呃……没有原因，这就是 $\cos\theta$ 和 $\sin\theta$ 的定义——以原点 $(0, 0)$ 为圆心所画的单位圆，圆周上点的坐标代表 $\cos\theta$ 和

$\sin\theta$ 的数值。简单来说，只是因为这些数值很常用，所以才帮它们取名字。"

由梨："就像'cos 妹妹'或'sin 弟弟'吗？"

我："是啊。三角函数听起来很难懂，不过实际在单位圆上标出点的位置，cos 和 sin 便一目了然。cos 是 x 坐标，sin 是 y 坐标，当点沿着圆周转，角度 θ 改变，x 坐标和 y 坐标即会发生变化，很简单吧。定义很简单，但三角函数还有许多有趣的公式……"

由梨："算式狂人出现了！这张图是什么？"

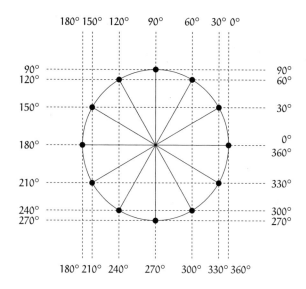

我："我只是随便画，把几个点连起来。"

由梨："圆周上的数字是什么？"

我："那是角度，我假设有个点沿着单位圆的圆周绕圈，并标出 0° 会在哪条线上，30° 会在哪条线上……"

由梨："噢——"

我："因为 cos 是 x 坐标，所以角度改变，纵线会左右移动。sin 是 y 坐标，所以角度改变，横线会上下移动。"

由梨："……"

我："你听不懂吗？纵线左右移动的位置就是 cos，而横线上下移动的位置就是 sin。"

由梨："我说啊——为什么要写成 0° 和 30° 呢？写成 cos 0° 和 sin 30° 不好吗？"

我："你说得没错，这只是我随便画的嘛。"

由梨："看起来有点像时钟呢。"

我："是啊，以 30° 为间隔，刚好可以分成十二等份，而且还有从圆心向外辐射的线条，真的很像时钟。不过，角度增加，这个时钟会朝相反方向绕——逆时针旋转。"

由梨："即使没有向外辐射的线，看起来也很像时钟……"

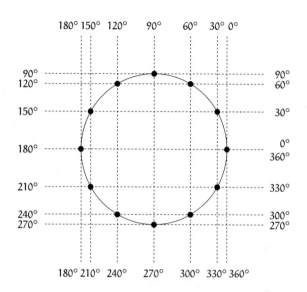

我："是啊。"

由梨："纵线和横线相互交叉，把圆切成格状，看起来很整齐。"

我："是啊……不过，数学不会用'交叉'这个词，一般会说成'线条的交点'，虽然图看起来的确很像交叉的道路。"

由梨："各条纵线之间，以及各条横线之间，间隔时大时小，使交点排成圆形，真有趣!"

　　由梨之后便安静下来。她盯着图，陷入沉思。

由梨："哥，纵线和横线各有七条吧?"

我："是啊，纵线七条，横线七条。"

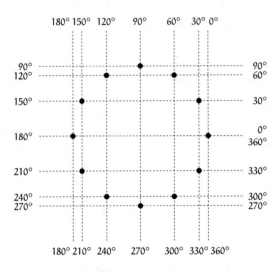

纵线和横线各有七条

由梨："7×7=49，所以有四十九个交点吧?"

我："是啊。"

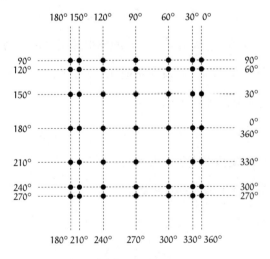

有四十九个交点

由梨：“这么多交点，如果用其他方法连起来，应该能画出其他图
　　　形吧？”

我：“由梨，你的想法太棒了！”

由梨：“吓我一跳！有这么棒吗？”

我：“嗯，我们把它画成图形吧！”

由梨：“咦？”

2.2　画成图形

我：“刚才我说过，单位圆上点的 x 坐标是 cos，y 坐标是 sin。”

由梨：“嗯。”

我：“刚才的图中，这两个函数是同样的 θ。”

由梨：“咦？”

我：“亦即，cos 和 sin 取一样的角度，会画出单位圆。点 $(x, y) =$
　　$(\cos\theta, \sin\theta)$ 所形成的图，就是单位圆。”

由梨：“嗯……所以呢？”

我：“如果 cos 和 sin 取的角度相差 30° 呢？例如，先让 sin 前进
　　30°，会形成什么图形呢？换句话说，点 $(x, y) = (\cos\theta$，
　　$\sin(\theta + 30°))$ 会形成什么图形？”

由梨：“你在说什么？我听不懂啦！好难——”

我：“一点也不难，我们用下页的图形说明吧。举例来说，代表

0° 的纵线和代表 0° 的横线，会在某个点交会。"

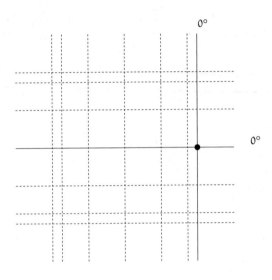

点 $(x, y) = (\cos 0°, \sin 0°)$

由梨："嗯。"

我："以这个点 $(\cos 0°, \sin 0°)$ 为起点，绕一圈，会形成单位圆。"

由梨："嗯，所以呢？"

我："如果 sin 先往前 30°，图形会变成什么样？'sin 先往前 30°'是指'横线先往前一步'的意思，也就是说，$(\cos 0°, \sin 30°)$ 这个点会变成起点。"

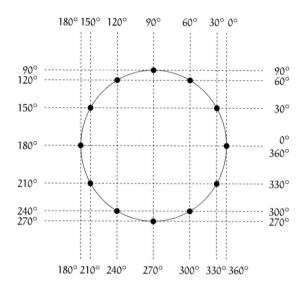

$(x, y) = (\cos\theta, \sin\theta)$ 所形成的图形

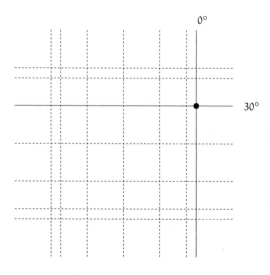

点 $(x, y) = (\cos 0°, \sin 30°)$

由梨："喔，原来如此，横线先往上移动呀。这会形成什么变化呢？"

我："这就是我出的题目。如果横线一直保持比纵线多30°的状态，而θ持续增大，会发生什么事呢？"

由梨："嗯……"

题目

点 $(x, y) = (\cos\theta, \sin\theta)$ 可形成单位圆。

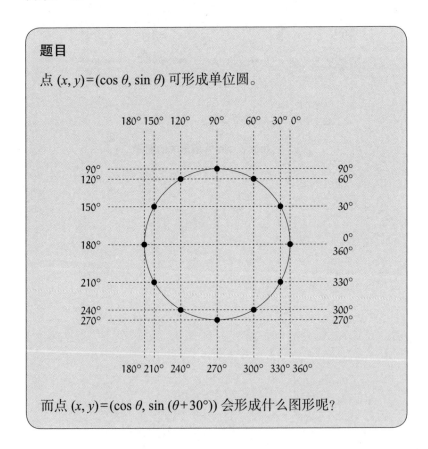

而点 $(x, y) = (\cos\theta, \sin(\theta + 30°))$ 会形成什么图形呢？

我："总之，先画画看吧。下一步是纵线为 30°，横线为 60°，亦即 (cos 30°, sin 60°)，如下页图。"

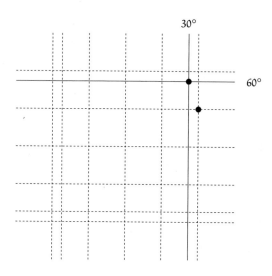

点 $(x, y) = (\cos 30°,\ \sin 60°)$

由梨："啊，点往斜上方跑了，会形成一个很大的圆形吗?"

我："下一步的 x 坐标是 cos 60°……而 sin 是几度呢?"

由梨："60° 的下一个……是 90° 吧?"

我："没错，y 坐标是 sin 90°，由梨很厉害哦。下页图标出了这个点的位置。"

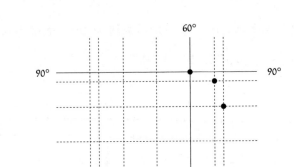

点 $(x, y) = (\cos 60°, \sin 90°)$

由梨："看吧，真的是一个很大的圆形！"

我："下一步是 $(\cos 90°, \sin 120°)$。"

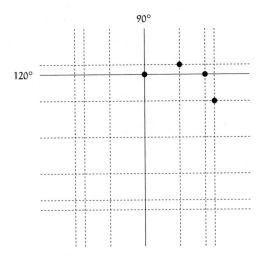

点 $(x, y) = (\cos 90°, \sin 120°)$

由梨："咦！不是圆形！"

我："下一步是 (cos 120°, sin 150°)。"

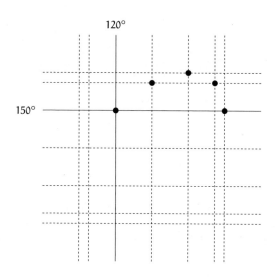

点 $(x, y) =$ (cos 120°, sin 150°)

由梨："怎么不是圆形……这是椭圆吧？"

我："没错，似乎会画出椭圆呢。"

由梨："嗯！"

我："下一步是 (cos 150°, sin 180°)。"

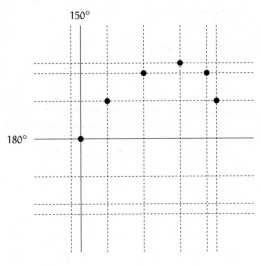

点 $(x, y) = (\cos 150°, \sin 180°)$

由梨："哥哥，接下来让我画画看嘛，按照顺序，一个个点出交点。"

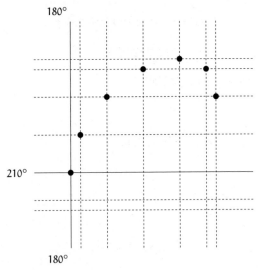

点 $(x, y) = (\cos 180°, \sin 210°)$

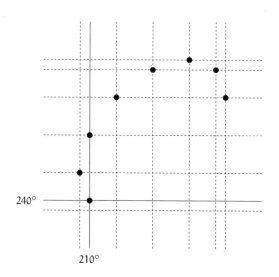

点 $(x, y) = (\cos 210°, \sin 240°)$

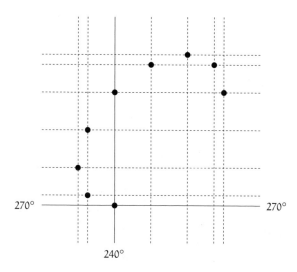

点 $(x, y) = (\cos 240°, \sin 270°)$

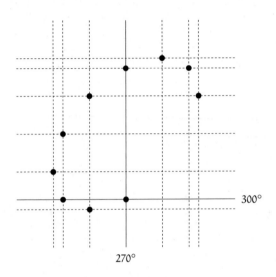

点 $(x, y) = (\cos 270°, \sin 300°)$

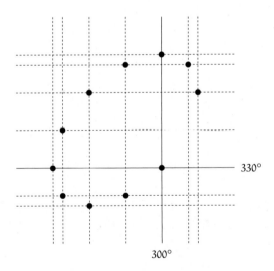

点 $(x, y) = (\cos 300°, \sin 330°)$

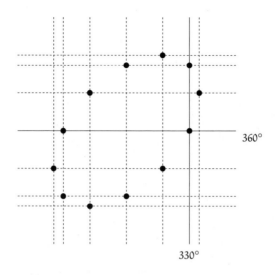

点 $(x, y) = (\cos 330°, \sin 360°)$

由梨："完成！"

我："你完成啦。sin 比 cos 往前 30°，可画出椭圆。"

由梨："没错！"

解答

点 $(x, y) = (\cos\theta, \sin\theta)$ 可形成单位圆。

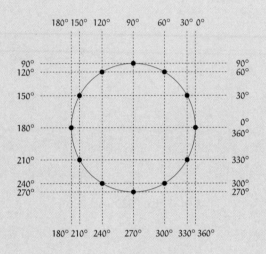

点 $(x, y) = (\cos\theta, \sin(\theta+30°))$ 可形成椭圆。

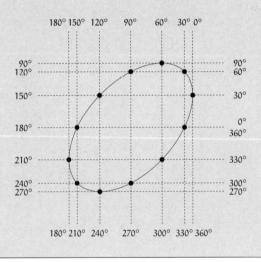

2.3　往前一点，会有什么变化?

我："由梨，刚才我们让 sin 比 cos 往前 30°，画出椭圆。那么让
　　sin 比 cos 往前 60°，会变成什么图形呢?"

由梨："我画画看!"

　　由梨迅速画出 sin 与 cos 相差 60° 的图形。

我："完成了吗?"

由梨："完成了! 是细长的椭圆!"

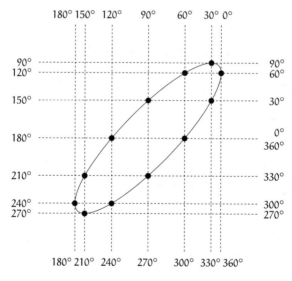

点 (x, y) = (cos θ, sin (θ+60°)) 所形成的图形

我："接下来……"

由梨："接下来，让 sin 比 cos 往前 90° !"

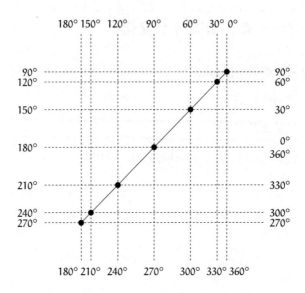

点 $(x, y) = (\cos \theta, \sin(\theta + 90°))$ 所形成的图形

我："椭圆消失，变成直线！"

由梨："因为有一半的交点重叠啦——"

2.4 往后一点，会有什么变化？

由梨："真好玩……"

我："反过来，让横线比纵线少 30°，会怎么样呢？"

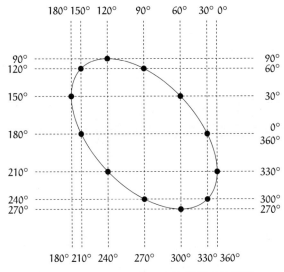

点 $(x, y) = (\cos\theta, \sin(\theta - 30°))$ 所形成的图形

由梨："横线比纵线少 60° 的图形如下！"

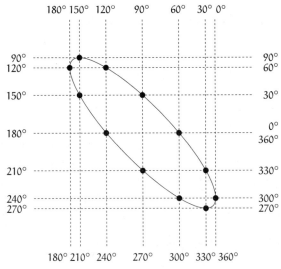

点 $(x, y) = (\cos\theta, \sin(\theta - 60°))$ 所形成的图形

我："横线比纵线少 90°，椭圆会消失！"

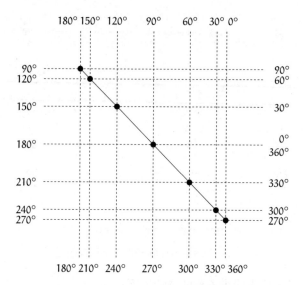

点 $(x, y) = (\cos\theta, \sin(\theta - 90°))$ 所形成的图形

由梨："哥哥！把角度错开，可以画出椭圆耶！"

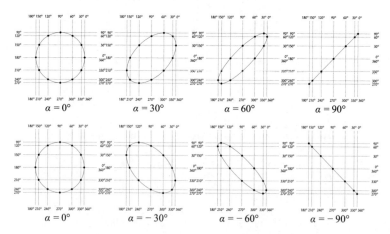

点 $(x, y) = (\cos\theta, \sin(\theta + \alpha))$ 所形成的图形

我："是啊，这些图就像从不同角度看圆形。从侧面看过去，圆形会变成直线呢。构成这些图形的点，都包含在我们刚才提过的四十九个点中。"

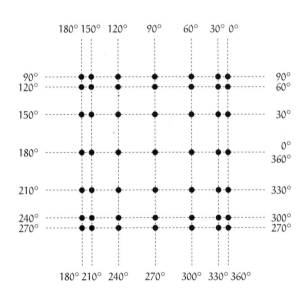

由梨："噢！真的呢！"

我："再来画别的图形吧！"

2.5　相差一倍，会有什么变化？

由梨："要画哪种图形呢？"

我："嗯，我想想看……刚才我们移动纵线和横线，每次都增加了相同的角度吧？"

由梨："是啊，每次都是 30°。"

我："这次试试看纵线增加 30°，横线增加 60° 吧。"

由梨："差一倍吗？这样只会让图形变大吧？"

我："不，因为半径没有改变，所以圆的大小不会改变。"

由梨："这样啊，不管怎么变，都不会跳出这四十九个点的限制
　　　呀……不过，我很难想象图形的样子喵。"

我："描绘椭圆，纵线和横线每次都前进一格吧？"

由梨："是啊。"

我："而交点到达底端后会往回走。"

由梨："嗯，像反弹回来一样。"

我："我这次出的题目是：若'纵线向左移动一格'的同时，'横
　　　线向上移动两格'，纵线和横线的交点会画出什么图形。"

由梨："好好玩！"

我："我们实际操作吧。"

由梨："等一下！先让我想象一下！"

我："好啊，我等你吧。"

　　由梨陷入沉思，栗色马尾在阳光下闪耀着金色光芒。虽然她
常嫌数学麻烦，但是一旦产生兴趣，便无法停止思考。不过，她
似乎没注意到自己的这个特点……

由梨："抱歉，我还是没什么头绪喵！"

我："实际画画看吧。"

由梨："嗯！不过，我明白了一件事。"

我："什么事？"

由梨："纵线增加 30°，横线就要增加 60° 吧？"

我："没错。"

由梨："所以，纵线转一圈，横线会转两圈吧？"

我："啊，的确如此。"

由梨："两者转的圈数不同……因为圆周上的点跑来跑去，所以纵线和横线会来来回回地移动吗？"

我："嗯，我大概知道由梨想说什么。纵线来回跑一遍，横线却来回跑两遍。"

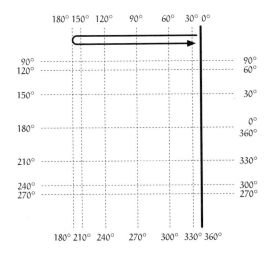

纵线来回跑一遍

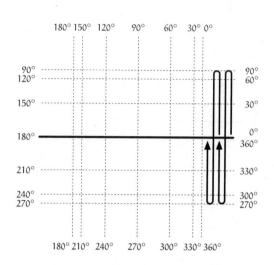

横线来回跑两遍

由梨："没错！我就是这个意思，轨迹'来回'移动。"

我："实际画画看吧。"

由梨："好啊！"

我："首先，确认起点。起点是单位圆的圆周上 0° 的地方，亦即
纵线和横线皆为 0° 的交点。"

我："下一步，纵线往左移动一格，横线往上移动两格。因此，纵
线停在 30° 的位置，横线停在 60° 的位置。"

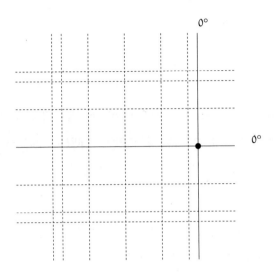

点 $(x, y)=(\cos 0°, \sin 0°)$

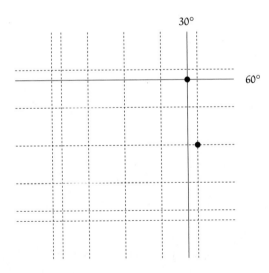

点 $(x, y)=(\cos 30°, \sin 60°)$

由梨："嗯，这个我知道，交点斜向往上跳，不过，接下来我不知道会怎么变化。"

我："嗯，这很难想象吧。下一步，纵线同样往左移动一格，横线则移动两格，请注意，横线从 60° 的地方再增加 60°，来到 120° 的位置。也就是说，横线移动了两格，再反弹回原来的位置。"

由梨："啊！"

我："所以，纵线会停在 60° 的位置，横线则停在 120° 的位置——等于没有移动。"

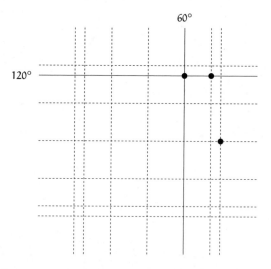

点 $(x, y) = (\cos 60°, \sin 120°)$

由梨："这样啊。"

我："目前还不知道形状会变得如何哦。"

由梨："嗯。"

我："下一步，纵线像之前一样加 30°，变成 90°，横线则加 60°，
变成 180°。"

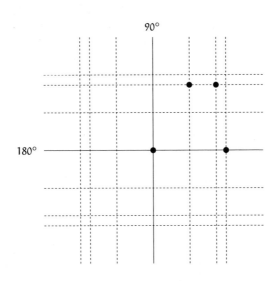

点 $(x, y) = (\cos 90°, \sin 180°)$

由梨："图形应该是椭圆吧？细细长长的椭圆。"

我："是吗?"

由梨："我不确定……"

我："下一步，纵线在 120° 的位置，横线在 240° 的位置。"

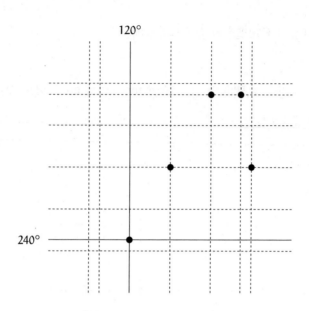

点 $(x, y) = (\cos 120°, \sin 240°)$

由梨："细长的椭圆往下拉得更长！"

我："不对，由梨，这不是椭圆。你想一想对称性，应该能想象接下来图形会变成什么样子。"

由梨："对称性？"

我："下一步，纵线在 150° 的位置，横线在 300° 的位置。"

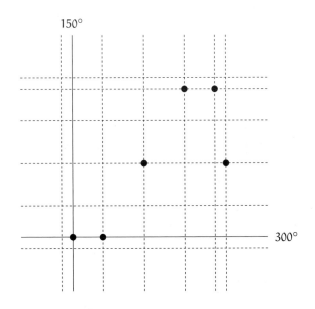

点 $(x, y) = (\cos 150°, \sin 300°)$

由梨："咦？图形弯曲的方向反过来了！"

我："是啊。"

由梨："可是这样会'穿过去'吧！"

我："穿过去？总之，我们先画下去吧。下一步的纵线在180°的
　　位置，横线在360°的位置，纵线刚好跑到最左端，横线则
　　是来回跑了一遍。"

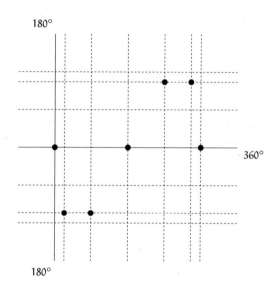

点 $(x, y) = (\cos 180°, \sin 360°)$

由梨："咦？没想到会长这个样子，该怎么形容呢？ S 形？"

我："是旋转 90° 的 'S' 形，虽然现在只画到一半，但剩下的部分你应该可以想象吧。"

由梨："嗯……我知道了！剩下的部分是反过来的 S 形，两个 S 合起来会变成 8 字形！"

我："我们来确认吧！画后半部的图形，纵线在 210° 的位置，横线在 360° 再加 60° 的位置——就是 60° 的位置。"

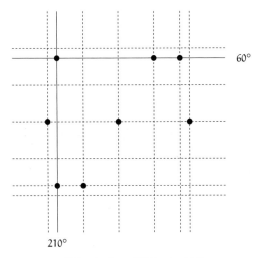

点 $(x, y) = (\cos 210°,\ \sin 60°)$

由梨："哥哥！不用算也看得出来！想一想对称性呀！"

我："是啊，剩下的图形如你所想……"

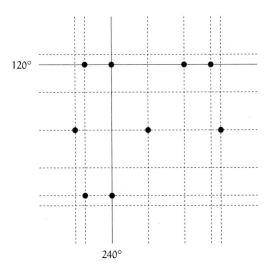

点 $(x, y) = (\cos 240°,\ \sin 120°)$

由梨："接着，再次穿过中心点。"

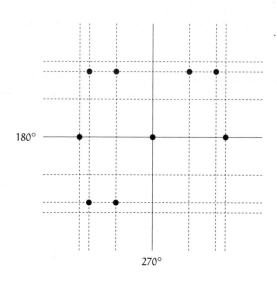

点 $(x, y) = (\cos 270°, \sin 180°)$

我："原来你的'穿过去'是这个意思啊！"

由梨："接着，一口气往右下延伸。"

我："没错。"

由梨："再往旁边移一点。"

我："其实是横线到了最底端，又反弹回来。"

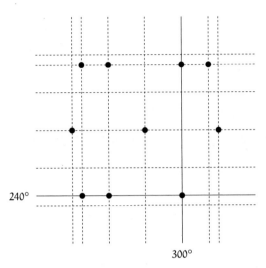

点 $(x, y) = (\cos 300°, \sin 240°)$

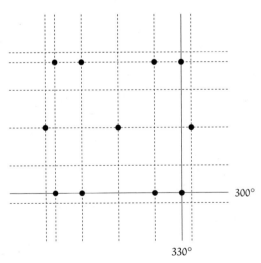

点 $(x, y) = (\cos 330°, \sin 300°)$

由梨："转了一圈！"

我："也就是来回跑一遍。纵线左右来回跑一遍，横线则上下来回跑两遍。"

由梨："你看！真的是 8 字形！"

我："是啊，如果纵线前进的幅度和横线的比是 1：2，就不会形成椭圆，而会形成平躺的 8 字形。"

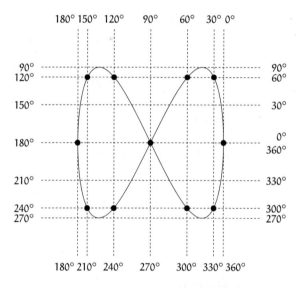

点 $(x, y) = (\cos\theta, \sin 2\theta)$ 所画的图形

2.6 画出各种图形

由梨："哥哥，继续画！"

我："咦？"

由梨："多画一点图形啦！画其他图形嘛！"

我："这个嘛喵……"

由梨："不要学由梨讲话啦——"

我："我画画看这种图形吧……横线增加的角度一样是纵线的两倍，但横线的起点多 30°。"

由梨："多 30°……"

我："没错，也就是说，起点会在下图的位置。"

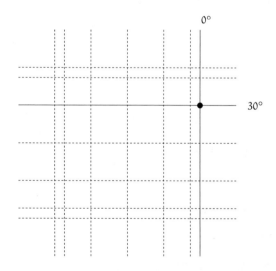

由梨："咦……之前横线与纵线差 30°，图形会由圆形变成椭圆吧？所以，这次会由椭圆变成 8 字形！"

我："光在脑袋里想，的确会误解成这样……"

由梨："咦！可是不画图就只能这样想呀！"

我："好啦，但两条线的起点相差 30°，图形会像下图喔。"

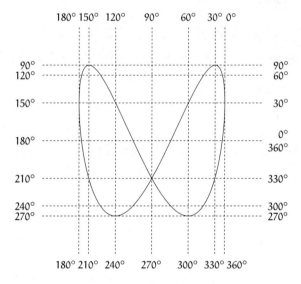

点 $(x, y) = (\cos\theta, \sin(2\theta+30°))$ 所画的图形

由梨："咦——这不是椭圆！"

我："的确不是椭圆……"

由梨："不过，有点像倾斜的 8 字形。"

我："我们来试试看各种起点吧，或许会有新发现。"

由梨："哥哥不要故弄玄虚喔。"

我："首先，从 60° 开始。"

由梨："咦—— "

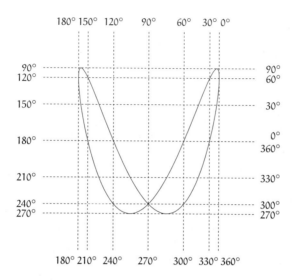

点 $(x, y)=(\cos \theta, \sin(2\theta+60°))$ 所形成的图形

我："接下来，相差 90°。"

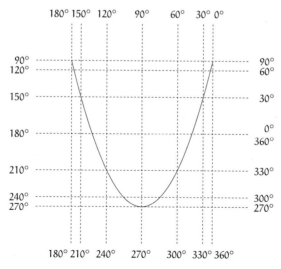

点 $(x, y)=(\cos \theta, \sin(2\theta+90°))$ 所形成的图形

由梨："喔……"

我："横线的移动幅度固定为纵线的两倍，只有起点的位置改变，居然能构成完全不同的形状！"

由梨："哥哥啊，我看得出图形'背后的形状'哦。"

我："背后的形状？"

由梨："你不是说过吗？'从不同角度看，图形会变成椭圆'，而这个图形看起来就像折成一半的圆。"

我："原来如此，其实折成一半的圆就是弯曲的圆。"

由梨："改变纵线和横线的移动方式，能形成不同的形状。"

我和由梨沉浸在不同图形的乐趣之中。

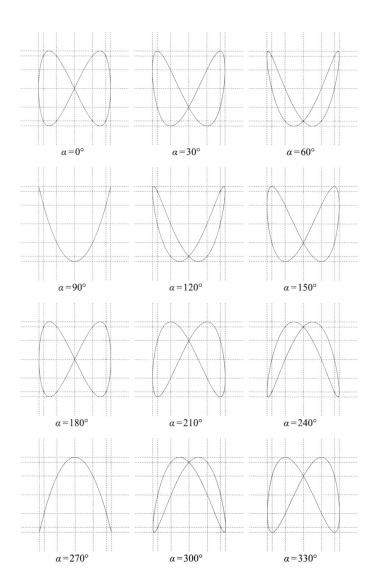

α＝0°　　　　α＝30°　　　　α＝60°

α＝90°　　　　α＝120°　　　　α＝150°

α＝180°　　　　α＝210°　　　　α＝240°

α＝270°　　　　α＝300°　　　　α＝330°

点 $(x, y) = (\cos\theta,\ \sin(2\theta + \alpha))$ 所形成的图形

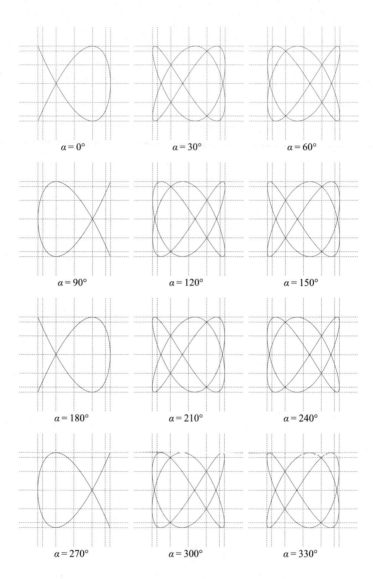

点 $(x, y) = (\cos 2\theta, \sin(3\theta + \alpha))$ **所形成的图形**

由梨："哥哥，可以画出这么多图形，真的很有趣！"

我："是啊，这些图形称为利萨如图形（Lissajous figure）。"

由梨："有名字啊！"

我："是啊，我是在物理课上第一次看到这种图形的。"

由梨："物理课？不是数学课吗？"

我："嗯，老师教电学实验的时候，'补充'说明了这些图形，还示范操作了示波器。"

由梨："哇，高中的课好像很好玩！"

我："很好玩喔，不过，该怎么说……要看是哪种老师吧。有些老师会说很有趣的事，有些老师不会……"

由梨："这就是人生啊。"

我："你怎么突然讲那么老气的话？"

妈妈："孩子们！大阪烧做好啰，快来吃！"

由梨："我要吃！我要吃！"

我："怎么马上又变回小孩了？"

　　我和由梨听到妈妈的呼唤，赶紧走向客厅。愉快的数学对话告一段落——现在是点心时间！

　　　　　　　　　　"两人一起走下去，便会发现不可思议的事。"

附录：利萨如图形用纸

请复印这张图，画出各种利萨如图形。

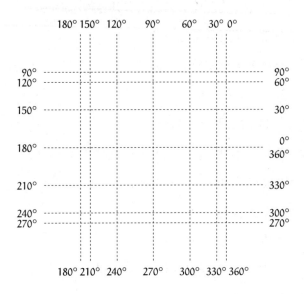

第 2 章的问题

●问题 2-1（cos 和 sin）

请判断 $\cos\theta$ 和 $\sin\theta$ 是大于 0 还是小于 0。

- 若大于 0（正数），则填入"＋"
- 若等于 0，则填入"0"
- 若小于 0（负数），则填入"－"

将答案填入以下空格。

θ	0°	30°	60°	90°	120°	150°
$\cos\theta$	＋					
$\sin\theta$	0					

θ	180°	210°	240°	270°	300°	330°
$\cos\theta$	－					
$\sin\theta$	0					

（解答在第 258 页）

●问题 2-2（利萨如图形）

假设 $0° \leqslant \theta \leqslant 360°$，则下列点 (x, y) 的轨迹是什么图形？

(1) 点 $(x, y) = (\cos(\theta + 30°), \sin(\theta + 30°))$

(2) 点 $(x, y) = (\cos\theta, \sin(\theta - 30°))$

(3) 点 $(x, y) = (\cos(\theta + 30°), \sin\theta)$

请利用第 95 页的利萨如图形用纸，试着画在纸上。

（解答在第 261 页）

第 3 章

绕世界一圈

"搜集好材料，我就能创造一个世界。"

3.1　在图书室

这里是放学后的图书室，我一如往常地阅读数学书籍。蒂蒂向我打招呼。

蒂蒂："学长！在算数学吗?"

我："是啊，蒂蒂。"

蒂蒂是个时刻充满活力的女孩，虽然不是非常擅长数学，但是学习很认真。此时她正兴致勃勃地看着我的笔记。

蒂蒂："这个是什么?"

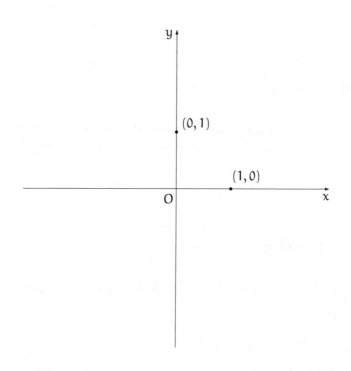

我："如你所见，这是坐标平面。"

蒂蒂："嗯……不过，图上什么也没有啊。"

我："嗯，我还在思考，但这张图不是什么也没有喔，我标出了两个点啊，(1, 0) 和 (0, 1)。"

蒂蒂："没错啦。"

我："(1, 0) 在 x 轴上，(0, 1) 在 y 轴上。这两个点非常重要，用这两个点就能创造一个世界。"

蒂蒂："创造世界？用这两个点吗？"

我："抱歉——我刚才说的世界，是指这个平面啦。"

蒂蒂: "这样啊……"

蒂蒂一脸惊讶, 瞪大的眼睛不断眨动。

我: "对了, 蒂蒂知道'图形是聚在一起的点', 这句话是什么意思吗?"

蒂蒂: "咦? 应该知道吧。你是指三角形、圆形、直线这类图形吧? 所有图形都是由许多点聚在一起形成的。"

我: "没错。在这个坐标平面上的图形, 都是由点聚集而成的, 称作'点的集合'。"

蒂蒂: "是的。"

我: "数学常常会用到图形。因为图形是'点的集合', 所以只要知道如何利用点, 即可知道如何利用图形——你知道这句话是什么意思吗?"

蒂蒂: "是的, 我大概明白学长的意思。只要知道如何利用点, 即可知道如何利用点聚集而成的图形, 是这个意思吧? 不过, 具体来说, 该怎么'利用点研究数学'呢? 我没什么概念……"

我: "举例来说, 之前我们一起画抛物线的图形, 曾把曲线想成聚集的点。"

蒂蒂: "嗯, 当时我们还写出了图形的方程式。"

我: "是啊, 抛物线方程式若是 $y=x^2$, 表示我们把点限制在这条抛物线上。"

蒂蒂："犹如被规则所束缚，不得不排成抛物线。"

我："没错，抛物线上的点，就是此处的点——坐标平面上的点！将点表示成 (x, y)，一定会满足关系式 $y=x^2$。"

蒂蒂："这就是图形的方程式吧。"

我："嗯，接着……回归到坐标平面。坐标平面上有无数个点，但这张图只画出了 $(1, 0)$ 和 $(0, 1)$。"

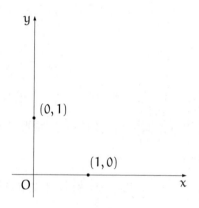

蒂蒂："嗯，我懂。坐标平面上有数不清的点，紧密地排在一起，虽然眼睛看不出米。"

我："坐标平面上的任何一点，都能用数学的方法来表示。我们将其写成 (a, b)，x 坐标是 a，y 坐标是 b。"

蒂蒂："没错！上课时老师教过，好像'将棋与围棋的棋盘'。"

我："没错，这两种棋盘都是用成对的数来表示一个点。我们进一步思考 (a, b) 的描述方式吧！"

蒂蒂："好。"

我："先随便选一个点，如下图所示的 (a, b)。"

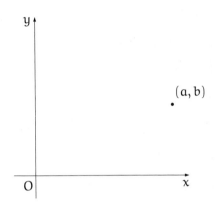

蒂蒂："嗯。"

我："你知道这个点 (a, b) 的'x 坐标'和'y 坐标'吗?"

蒂蒂："我知道。这个点的 x 坐标是 a，y 坐标是 b，可以用虚线
表示，如下图所示。"

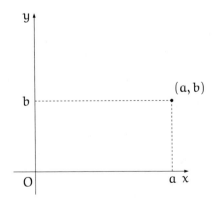

点 (a, b) 的 x 元素和 y 元素

我："正是如此。a 又称为点 (a, b) 的 x 元素，而 b 称为点 (a, b)
　　的 y 元素。"

蒂蒂："元素，听起来好像化学。"

我："是啊，因为 (a, b) 是由 a 和 b 组成的，所以称为元素。"

蒂蒂："原来如此。"

我："这张图只简单标示了 a 和 b，要明白 a 和 b 的精确意义，必
　　须分别说明 x 方向和 y 方向的单位。换句话说，我们必须明
　　确说明 x 方向和 y 方向上一个单位的大小。而决定此单位大
　　小的，就是我刚才画的两个点。"

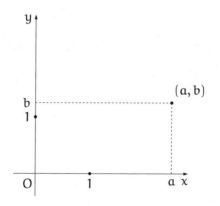

蒂蒂："嗯……有点难。"

我："举例来说，要从原点 $(0, 0)$ 移动到 (a, b)，只需向右移动 a，
　　再向上移动 b 吧。"

蒂蒂："没错。"

我："为了确定点 (a, b) 的位置，必须明白'移动 a 是指移动多少'。"

蒂蒂："所以，需要以某个东西当作基准吗?"

我："没错，这个基准的大小称为单位。"

蒂蒂："我好像懂了。"

我："确定原点位置，再定义 x 轴和 y 轴上某点的位置为 1，即可用数对 (a, b) 表示坐标平面上的任意点，a 表示从原点 $(0, 0)$往右前进 a 的距离，b 则表示往上前进 b 的距离。"

蒂蒂："我懂了，就像棋盘的格子，在平面上往右移动 a，再往上移动 b，即能抵达 (a, b) 这个点!"

我："没错，如下图画出网格线，便能轻松理解。"

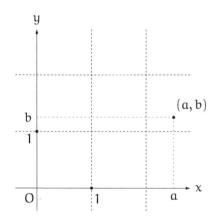

蒂蒂："真的耶。点 (a, b) 从原点往右移动的距离略大于 2，往上移动的距离略大于 1。"

3.2 向量

我："刚才我们复习了坐标平面，接着探讨向量吧。你学过向量吗？"

蒂蒂："算是学过……就是那个有箭头的东西吧，不过我没有'融会贯通'的感觉。"

我："其实，我们刚才已讨论完向量的基本原理哦。"

蒂蒂："咦！还没出现箭头呀……"

我："是啊，不过我说过点 (1, 0) 和点 (0, 1) 非常重要吧！因为这两个点称为单位向量。"

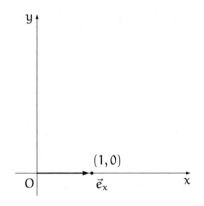

点 (1, 0) 与单位向量 $\vec{e}_x$

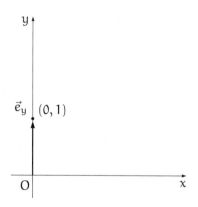

点 (0, 1) 与单位向量 $\vec{e}_y$

蒂蒂："咦……虽然有箭头……"

我："向量通常以箭头来表示。箭头的位置由起点和终点来决定。"

蒂蒂："箭头尖端是终点吗?"

我："没错,把起点固定于原点 (0, 0),箭头尖端的位置即是终点的位置。"

蒂蒂："嗯……是没错啦……"

我："把点 (1, 0) 表示成向量 $\vec{e}_x$,点 (0, 1) 表示成向量 $\vec{e}_y$,便能将向量和点互相对应,也就是说,我们可以把向量和点视为同样的东西。"

蒂蒂："把向量和点视为同样的东西……"

我："看看下页图吧。"

蒂蒂："好。"

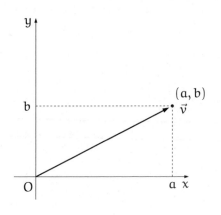

点 (a, b) 与向量 $\vec{v}$

我："这个向量 $\vec{v}$ 和点 (a, b) 可视为同样的东西。"

蒂蒂："学长，抱歉……我不太懂这是什么意思。"

我："这不是什么困难的概念喔。"

蒂蒂："为什么可以把向量 $\vec{v}$ 和点 (a, b) 视为相同呢？这算是理论吗？我不明白！"

我："嗯……蒂蒂，我不是要用困难的理论来推导或证明，我现在说明的是'看事情的角度'。"

蒂蒂："……"

我："怎么用蒂蒂明白的方式来说呢……刚才我说明的东西可称作向量的表达方式，换言之，这亦可表示点的位置。"

蒂蒂："表达方式……是指'另一种说法'吗？"

我："是，你这么想就对了。我们可以用之前说明的两种方法来表示平面上的点。"

- **图形**：在方格纸上，画出点的位置。
- **元素**：先确定坐标轴，再用数对 (a, b) 来表示 x 坐标和 y 坐标，表示点的位置。

蒂蒂："没错。"

我："而我刚才提到的是另一种表示点的方式。"

- **向量**：以原点为起点、箭头为终点来表示点的位置。

蒂蒂："咦！这么简单吗?"

我："是啊，基本原理就是这样。你可以这么想——向量是表示点位置的方法，而且常用到箭头。"

蒂蒂："我……之前一直把'向量'想得太复杂。简单来说，向量就是表示点位置的方法呀。"

我："没错。向量有许多用途，表示点位置只是其中之一。严格来说，应该称为'位置向量'。"

蒂蒂："原来如此……"

我："为了严谨地定义，数学常会创造新词汇，陌生的名词可能代表很简单的概念，不要轻易被吓唬呀。"

蒂蒂："我就是这样！看到一大堆陌生的字，忍不住哇哇大叫……"

我："在读书、听课的时候，遇到这些艰涩字词要撑住，不要浪费时间钻牛角尖地思考字词的意思，应该集中注意力理解字词代表的意义或概念。"

蒂蒂："我知道了。"

3.3　向量的实数倍

我："虽然我们可以把向量和点视为同样的东西，但向量与点不同的是，向量可以计算。接着我们来看看怎么计算吧！"

蒂蒂："向量的计算？"

我："是啊，例如，要计算朝相同方向延伸的向量，只需将向量乘以一个实数。实数 a 与向量 $\vec{e}_x$ 相乘，向量便会依照 a 的大小伸长，称为向量的实数倍。用图形来表示就如下图所示。"

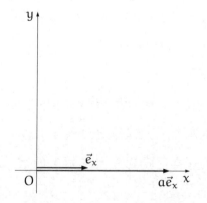

向量的实数倍（实数 a 乘以单位向量 $\vec{e}_x$）

蒂蒂："我记住了，这么做向量会伸长。"

我："正确说来，必须 $a > 1$，向量才会'伸长'；若 $a = 1$，则向量'不变'；若 $0 \leqslant a < 1$，则'缩短'；若 $a < 0$，则'往反方向延伸'。"

蒂蒂："原来如此。"

我："将略大于 1 的实数 b，乘以单位向量 $\vec{e}_y$，可得到下图。"

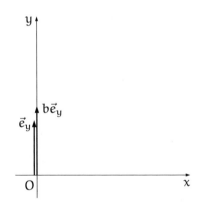

向量的实数倍（实数 b 乘以单位向量 $\vec{e}_y$）

蒂蒂："喔，变长一点了。"

3.4　向量的加法

我："向量有另一种算法。刚才把实数乘以向量，接着要做向量的加法，例如，把刚才的两个向量相加，便能组成新的向量 $\vec{v}$，如下页图。"

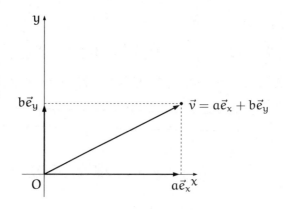

向量的加法（向量 $a\vec{e}_x$ 加向量 $b\vec{e}_y$）

蒂蒂："啊！上课教过这个。虽然我听得懂老师的说明，但不知道
　　　向量加法有何用途。"

我："是啊，用图说明向量的加法，一般人可能无法理解它的意义
　　与用途。不过，只要拥有'向量实数倍'和'向量加法'这
　　两个武器，就会发现……"

蒂蒂："发现什么呢？"

我："我们刚才提到三种'点的表示法'吧？'以图形表示点'、
　　'以 (x, y) 表示点的元素'、'以向量表示点'。"

蒂蒂："是的。"

我："以图形表示点，可用眼睛看到点的位置；以 (x, y) 表示点
　　的元素，能让人明白纵向与横向要移动多少，才能抵达那
　　个点。"

蒂蒂："没错。"

我："此外，以向量表示点的位置，则能用向量'计算'不同的点。"

蒂蒂："啊……"

我："当然，将点表示成元素，也能计算。不过，若将点以向量表示，不需要在意元素为何即可计算，且需利用'向量实数倍'与'向量加法'这两个规则。"

蒂蒂："我……虽然不太明白这是什么意思，不过，好像有点懂向量了……"

3.5　旋转

我："其实，我想说明的是旋转喔。"

蒂蒂："旋转？学长说的是绕圈圈吗？"

我："没错，旋转可以用旋转中心和旋转角度来定义。"

蒂蒂："旋转角度是指转多少度吗？"

我："是啊，要定义一次旋转，旋转中心和旋转角度都很重要，我们先把旋转中心固定在原点 (0, 0) 吧。将原点当作旋转中心来旋转坐标平面上的点 (a, b)。"

蒂蒂："为什么呢？"

我："啊？"

蒂蒂："为什么要旋转平面上的点？"

　　蒂蒂的问题让我哑口无言。

我："这个嘛——不愧是蒂蒂，问得这么直接。"

蒂蒂："不好意思……我一直问奇怪的问题。"

我："我不是这个意思啦，一点都不奇怪。你这么说也对，突然
　　'旋转平面上的点'，会让人觉得困惑。"

蒂蒂："是的……上课的时候，我都不敢提出这样的问题。老师常
　　常会说……"

　　"想想看将它〇〇，会发生什么事吧！"

我："嗯。"

蒂蒂："我听到这种话，常常想问为什么。通常老师这么说的时
　　候，教科书也会写'将它〇〇，会……'，所以我总猜想，
　　这种做法是理所当然的吗？但是，即使如此，我还是不懂为
　　什么这么做是理所当然的。"

我："嗯，你说得对。"

蒂蒂："不好意思……我是奇怪的人。"

我："不会啦，蒂蒂一点也不奇怪……先回归原来的话题吧。蒂蒂
　　的疑问是'为什么要旋转坐标平面上的点 (a, b)'吧？
　　简单来说，这是因为'我们想试着这么做'。"

蒂蒂："我们想试着旋转坐标平面上的点……"

我："是啊，这和'用数学处理图形'有关。对了，如果眼前有一

个不知名的'玩具',你会想把玩它吗? 摸一摸、戳一戳、

拉一拉、捏一捏、转一转、翻面……"

蒂蒂:"会!"

我:"是啊,数学也一样,虽然不懂这么做的目的,却像'玩具'

一样有趣。"

蒂蒂:"是吗……"

我:"是啊。所以……

用数学处理图形

↓

图形是点的集合

↓

让点做各种变化

这就是我们的思考模式——看到点 (a, b),便想'旋转会发生

什么事'……如此把玩'新玩具'!"

蒂蒂:"原来如此。"

我:"思考'这么做会发生什么事',对学习数学来说相当重要。

基本上,高中所学的数学,可以解决的问题相当有限,如果

没有全面掌握数学概念,即无法解决复杂的问题。教科书提

到的,只是精心整理过的便于学习的道具……"

蒂蒂:"啊!"

我："怎么啦？"

蒂蒂："我知道我和学长哪里不一样了！"

我："哪里不一样？"

蒂蒂："对我来说，数学是'已完成的学问'，我以为只要翻开教科书，就能看到数学的全貌，因为上面写的都是仔细整理的内容。不过，学长学数学，不是用这样的眼光，而是把数学当成可以任意把玩的'玩具'……我没办法把数学当作'玩具'把玩。"

我："原来如此，我明白蒂蒂的意思啦，其实多花点功夫，数学就会像'玩具'一样有趣。"

蒂蒂："真的吗？"

我："你可以'在空白的笔记本上，自己重新推导一遍'，回想着数学教科书和参考书的内容，并将其重现于纸上，我一直都是这么做的。"

蒂蒂："重现？"

我："没错，举例来说，我们要旋转平面上的点，而我学过如何'旋转坐标平面上的点'，所以脑海中已经浮现旋转的方法，但是我想确认自己是不是真的明白，因此在空白的笔记本上画坐标平面，点出 $(1, 0)$ 和 $(0, 1)$，试着自己推导数学的计算过程。"

蒂蒂："但是，这对我来说……会不会太难？"

我："不会，你不一定要'旋转平面上的点'，可以'往右移动'或是'以坐标轴为对称轴反转'。在笔记本上自行推导数学，就是把数学当成'玩具'把玩的方法，你只需在自己能力所及的范围内练习。"

蒂蒂："自己能力所及的范围内？"

我："嗯，不先确认自己的能力到什么程度，一直写自己不懂的东西，是很无聊的。我刚才就是从空白的笔记本开始，画一些图形，并试着旋转——这时，蒂蒂就出现了。"

蒂蒂："啊……对不起，打扰你了。"

我："不会啦。话说回来，这样有没有解开你'为什么要旋转平面上的点'的疑问呢？"

蒂蒂："有！'因为我们想试着这么做'！"

3.6 点的旋转

我："接着，来看看'旋转'吧。将点 (a, b) 往左旋转 θ 度，成为点 (a', b') ——即逆时针旋转。"

蒂蒂："像这样吗？"

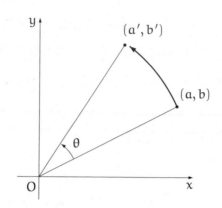

我："没错，仿佛将圆规的针固定于原点，画一个圆弧。"

蒂蒂："是的。"

我："现在，我们正在旋转一个以图形表示的点。"

蒂蒂："咦？"

我："刚才我们已讨论如何表示点的位置吧？以图形表示，以 (x, y) 元素表示，以及向量的表示法……"

蒂蒂："是的，这就是表示点的三种方式。"

我："用我们刚刚画的图便能旋转以图形表示的点，那么以 (x, y) 元素表示的点，该怎么旋转呢？"

蒂蒂："咦？"

3.7　利用坐标

我："听不懂吗？我们用刚才的图说明吧。"

蒂蒂：“好。”

我：“未旋转的点是 (a, b)，旋转后的点是 (a', b')。”

蒂蒂：“本来在 (a, b) 的点……快速转到 (a', b')。”

我：“把这个点表示成 (a, b) 代表 x 坐标是 a，y 坐标是 b，也
可以说，x 元素为 a，y 元素为 b。”

蒂蒂：“嗯。”

我：“旋转后的点可以表示成 (a', b')，x 坐标变成 a'，y 坐标变
成 b'。”

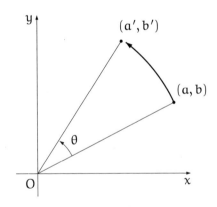

蒂蒂：“没错。旋转后，坐标跟着改变。”

我：“我们将点以 x 坐标、y 坐标的方式来表示，则‘旋转平面上
的点’代表什么意思呢？”

蒂蒂：“咦?”

我：“换句话说，在以坐标来表示点的情况下，该怎么做，才能

'旋转平面上的点'呢？"

蒂蒂："喔……到底该怎么做呢？"

我："未旋转的点是 (a, b)，旋转后的点是 (a', b')，所以'旋转平面上的点'可以想成……"

> **"旋转平面上的点"代表：**
>
> 由未旋转的点坐标 a、b，以及旋转角度，计算旋转后的点坐标 a'、b'。

蒂蒂："啊，我明白了。是指利用 a、b 和旋转角度，经过复杂的计算，求出 a' 和 b' 吗？"

我："没错，虽然你说的'复杂的计算'并不是重点，不过就是这么一回事，由 a、b 和旋转角度，计算 a' 和 b' 是多少。"

蒂蒂："我明白了……不对，我有问题。"

我："什么问题？"

蒂蒂："我知道必须利用 (a, b) 计算 (a', b')，不过，这种做法只考虑到旋转前后的两个点。"

我："是啊，怎么了吗？"

蒂蒂："我觉得……旋转会让我想到刚才用圆规所画的圆弧，必须滑动笔尖。但是学长现在指的旋转只有两个点，没有滑动的轨迹，跟我所认知的旋转不同。"

我："原来如此！我知道蒂蒂的问题是什么了。的确，提到旋转，就会让人想到滑动，不过只看这两个点，不看滑动的轨迹并不会产生任何问题。"

蒂蒂："为什么？"

我："因为我们接下来要讨论的旋转，也就是坐标的计算，已有'旋转角度'。"

蒂蒂："嗯？"

我："把旋转角度设为 θ 这个符号，即'利用符号一般化'。"

蒂蒂："'利用符号一般化'……是用角 θ 来思考一般化的旋转吗？"

蒂蒂一边说，一边记录于《秘密笔记》。蒂蒂会把重要的事情全部记录下来。

我："没错。进行一般化，我们便能任意选择角 θ 的大小，画出你所说的圆弧。可以旋转任意的角度，和用圆规画圆是一样的意思。"

蒂蒂："原来如此，不管角度多大，都不会影响接下来的推导。"

我："对，接下来我们要推导算式，以便'算出旋转后的点'。使用符号，以一般化的角度推导，就只需考虑两个点的位置，这和考虑整个圆弧是一样的。"

蒂蒂："我懂了……不过，我还是不知道要用什么算式来旋转平面上的点。"

我："嗯，我们一起来思考旋转的算式吧。"

蒂蒂："好!"

3.8 我们的问题

我："首先，整理一下我们的问题吧。"

我们的问题：如何旋转平面上的点 (a, b)？

旋转中心为原点 $(0, 0)$

- 旋转角度为 θ
- 旋转前的点为 (a, b)
- 旋转后的点为 (a', b')

最后，请以 a、b、θ 来表示 a' 和 b'。

蒂蒂："我明白问题是什么了……不过……抱歉，我完全不知道如何解题。"

我："从来没做过的人，完全不知道如何切入问题很正常啊，不用道歉。"

蒂蒂："学长可以教我解题吗?"

我："当然可以，不过机会难得，我先告诉你，若我不知道如何以数学的思维来解题，我会怎么做，接着我们再一起解题。"

蒂蒂:"我想了解学长的思路!"

我:"其实也没什么,只是一些理所当然的事。现在我们想解的问题是,将点 (a, b) 旋转角 θ,这种一般化的问题。"

蒂蒂:"是的,也就是'利用符号一般化'。"

蒂蒂看着《秘密笔记》说。

我:"对,虽然以一般化的角度去思考问题是很重要的,但有时会过于抽象。这时,不如从另一个角度切入,把题目特殊化、具体化,亦即'代入变量'。"

蒂蒂:"咦?"

3.9　x 轴上的点

我:"此时不考虑一般化的点 (a, b),而是考虑一个特定的点,例如旋转 x 轴上的某点。"

蒂蒂:"旋转 x 轴上的某点……就是'代入变量,使点特殊化'吗?"

我:"没错。在 x 轴上代表 y 坐标的值是 0,因此等于点 (a, b) 中的 b 以 0 代入,变成点 $(a, 0)$。如此思考,应该比较简单吧。"

蒂蒂:"啊,原来如此!"

我:"我们想想看下面这个问题吧。"

问题 1：旋转 x 轴上的点 $(a, 0)$

- 假设旋转中心是 $(0, 0)$

- 假设旋转角度是 θ

- 假设旋转前的点是 $(a, 0)$

- 假设旋转后的点是 (a_1, b_1)

在这些前提下，请用 a 与 θ 表示 a_1、b_1。

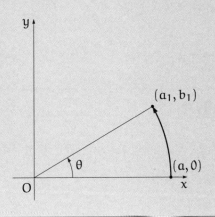

蒂蒂："b 消失了！"

我："特殊化会使符号减少，所以题目会变得比较简单。"

蒂蒂："问题 1……对我来说，太难了。"

我："你先自己画画图形吧。"

蒂蒂："好。"

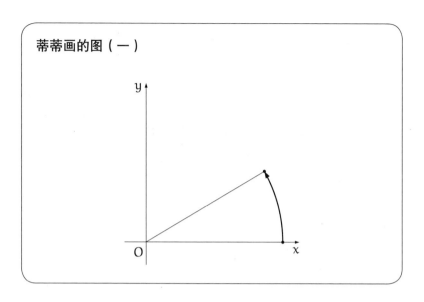

蒂蒂画的图（一）

蒂蒂："我画好了。"

我："你'想求什么'呢？"

蒂蒂："什么？"

我："思考数学题目必须有'问与答'喔。蒂蒂想通过这个问题'求什么'呢？"

蒂蒂："求什么……求 a_1 和 b_1。"

我："既然如此，你必须把想求的东西画在平面上。"

蒂蒂："啊，这样呀……不好意思。"

蒂蒂画的图（二）

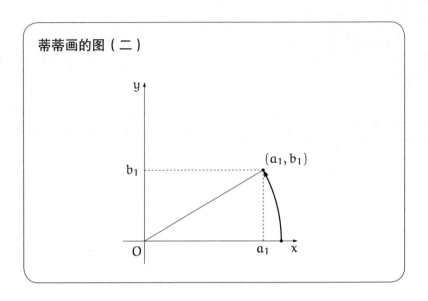

我："这样画能解答问题 1 吗?"

蒂蒂："呃……"

我："接下来，你必须'提出问题'。在这个问题中，'已知的信息'是什么呢?"

蒂蒂："已知的信息——啊，只有 a，因为题目没有给 b。"

我："只有 a 吗?"

蒂蒂："啊，不对! 还有角 θ，已知的信息是 a 和 θ。"

我："没错，既然如此，把 a 和 θ 画在平面上吧。"

蒂蒂："好……原来是这样啊!"

我："怎么啦?"

蒂蒂："学长说的'提出问题'……"

- '想求什么'

- '已知哪些信息'

　　我终于知道自己的盲点在哪里了，之前我只是大致了解问题，不着边际地思考，再随便画图形，现在我终于知道为什么要这么做了。"

我："是吗?"

蒂蒂："对自己提出问题，例如'想求什么'和'已知哪些信息'。

　　接着，为了明白问题的意义，必须画图形，对吧?"

我："没错。"

蒂蒂："我们来画图形吧!"

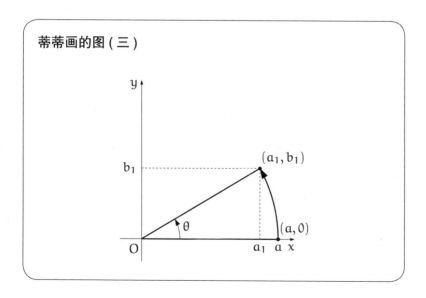

蒂蒂画的图（三）

我："接下来，思考下一个问题吧。"

蒂蒂："好。"

"想求什么"……想求 a_1 和 b_1。

"已知哪些信息"……已知 a 和 θ。

我："你觉得接下来该怎么做？"

蒂蒂："呃，我想想……"

我："距离答案只剩一小段路啰——'提出问题'的第三步骤就是
找找看'有没有相似的地方'。"

蒂蒂："相似的地方……我不知道耶。"

我："我给你一个提示吧，请看下图。"

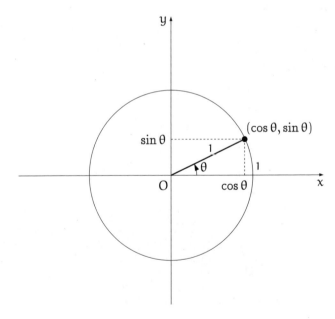

单位圆与 $\cos\theta$、$\sin\theta$ 的关系

蒂蒂："这个是……可定义 sin 的图吗?"

我："没错,它是不是很像你为问题 1 所画的图? 在旁边画

一个更大的圆,将两者并列比较,看起来更像呢。"

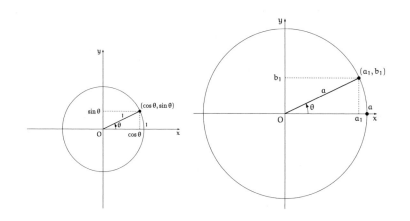

蒂蒂："啊! 真的很像! 左边是半径为 1 的单位圆,右边是半径为

a 的圆,难道……"

我："难道?"

蒂蒂："难道只需把 x 坐标和 y 坐标都乘以 a 吗?"

我："没错,这样就行了。你可以用算式来表示吗?"

蒂蒂："两个都乘以 a……是这样吗?"

$$\begin{cases} a_1 = a\,\cos\,\theta \quad \text{单位圆上, 点的} x \text{坐标乘以} a \\ b_1 = a\,\sin\,\theta \quad \text{单位圆上, 点的} y \text{坐标乘以} a \end{cases}$$

我："没错,完全正确!"

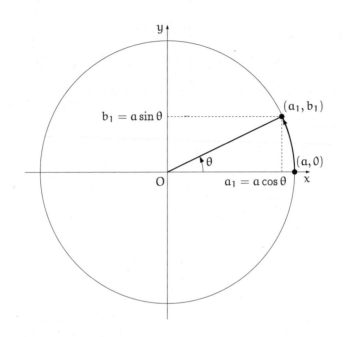

蒂蒂："原来如此！只需乘以 a。"

我："如果没注意到这点，就无法融会贯通哦。"

蒂蒂："嗯。"

我："我们再仔细看你写的两个算式吧。"

蒂蒂："嗯?"

$$\begin{cases} a_1 = a\cos\theta \\ b_1 = a\sin\theta \end{cases}$$

我："不要被 cos 和 sin 迷惑，我们的目标是用 a 和 θ 求 a_1、b_1，还记得吗?"

蒂蒂："记得！想求的是 a_1 和 b_1，而我们要用已知的信息——a 和

θ 来计算。"

我："没错。"

蒂蒂："那个……为了以防万一，我想再确定一次……可以写

　　成 $a\cos\theta$ 和 $a\sin\theta$ 吗？"

我："可以啊。"

蒂蒂："我想表示 a 和 $\cos\theta$ 相乘的结果，所以写成 $a\cos\theta$。"

我："嗯，这样就行了。"

$$\begin{cases} a\cos\theta = a\times\cos\theta \\ a\sin\theta = a\times\sin\theta \end{cases}$$

蒂蒂："好，我安心了。"

我："这样我们即可解开问题 1。"

问题 1 的解答：旋转 x 轴上的点 $(a, 0)$

- 假设旋转中心是 $(0, 0)$

- 假设旋转角度是 θ

- 假设旋转前的点是 $(a, 0)$

- 假设旋转后的点是 (a_1, b_1)

在这些前提下，想用 a 与 θ 来表示 a_1、b_1，可写成下式：

$$\begin{cases} a_1 = a\cos\theta \\ b_1 = a\sin\theta \end{cases}$$

蒂蒂："解问题 1 的过程，虽然都是学长教我的，但我有种特别的感觉。"

我："什么感觉？"

蒂蒂："我觉得这些方法好像是自己想出来的。"

我："是吗？"

蒂蒂："是啊，虽然学长给我很多提示，不过通过这些推导，$\cos\theta$ 和 $\sin\theta$ 自然而然地在我脑中画出了漂亮的图形。"

我："那真是太棒了！"

3.10 y 轴上的点

我："接下来，你要不要自己解问题 2 呢？"

蒂蒂："咦？"

问题 2：旋转 y 轴上的点 $(0, b)$

- 假设旋转中心是 $(0, 0)$
- 假设旋转角度是 θ
- 假设旋转前的点是 $(0, b)$
- 假设旋转后的点是 (a_2, b_2)

在这些前提下，请用 b 与 θ 来表示 a_2、b_2。

我："来吧，你解这题。"

蒂蒂："学长……要我自己解这题吗？"

我："嗯，我保证你一定解得出来，你一定知道答案。"

米尔迦："保证什么？"

蒂蒂："啊，米尔迦学姐！"

米尔迦："喔……你们在讨论旋转啊。"

　　不知何时，才女米尔迦走到我们身旁。她只看一眼图形，便知道我们在做什么。

蒂蒂："不只是旋转，学长还告诉我如何'提出问题'。"

- "想求什么"
- "已知哪些信息"
- "有没有相似的地方"

米尔迦："原来是波利亚呀。"

蒂蒂："咦？"

我："没错，米尔迦果然知道他是谁。"

蒂蒂："波利亚是谁？"

米尔迦："他是一位数学家。波利亚的《怎样解题》一直以来都是畅销名著。这本书启示了学习数学的方法，以及解题的方法。"

我："刚才我说的'提出问题'，就是参考了《怎样解题》这本书。"

蒂蒂："这样啊……波利亚先生。"

波利亚的重点（摘录）

- 未知是什么（想求什么）？

- 已知哪些信息（数据）？

- 作图，并适当地标上记号。

- 以前是否看过这个题目？

- 有没有相似的地方？

我："我们接着解问题 2 吧。"

蒂蒂："啊！差点忘了！"

　　虽然花了不少时间，但蒂蒂终于用下图解开了问题 2。

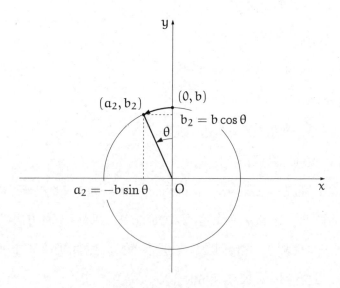

旋转 y 轴上的点 $(0, b)$

蒂蒂:"学长,'想求什么'和'已知哪些信息'这两个步骤好厉害! 我解出来了!"

问题 2 的解答: 旋转 y 轴上的点 $(0, b)$

- 假设旋转中心是 $(0, 0)$
- 假设旋转角度是 θ
- 假设旋转前的点是 $(0, b)$
- 假设旋转后的点是 (a_2, b_2)

在这些前提下,可用 b 与 θ 表示 a_2、b_2,如下式:

$$\begin{cases} a_2 = -b\sin\theta \\ b_2 = b\cos\theta \end{cases}$$

我:"sin 和 cos 常会搞混吧。比较这两个式子和问题 1 的解答,你有发现什么吗?"

问题 1 的解答

$$\begin{cases} a_1 = a\cos\theta \\ b_1 = a\sin\theta \end{cases}$$

问题 2 的解答

$$\begin{cases} a_2 = -b\sin\theta \\ b_2 = b\cos\theta \end{cases}$$

蒂蒂："我发现，两者的 sin 和 cos 刚好相反，而且其中一个有负
号……问题 2 的图形往右转 90°，便和问题 1 的图形一样！"

蒂蒂把头歪一边，看着图形。

我："不必把头歪一边啦，把图往右转 90° 就好啦。"

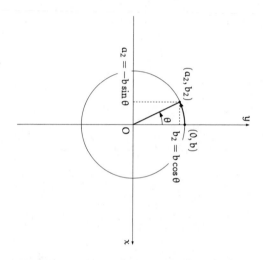

将 "旋转 y 轴上的点 $(0, b)$" 图形往右旋转 90°

蒂蒂："总而言之……我解出来了。"

米尔迦："嗯……"

我："蒂蒂，现在我们知道，旋转点 $(a, 0)$ 会得到点 (a_1, b_1)，而旋
转点 $(0, b)$ 会得到点 (a_2, b_2) 吧？"

蒂蒂："是的。"

我："所以，蒂蒂已解答了两个 '点的旋转问题'。"

蒂蒂："是的！可以这么说……"

我："接下来的问题是，这样的结果可以怎么应用？"

米尔迦："波利亚。"

蒂蒂："怎么应用啊……意思是说，要思考这能不能解其他问题吗？"

我："没错。"

蒂蒂："其他问题是什么呢？"

我："先回到'我们的问题'吧！也就是说，我们不是要旋转轴上的点，而是任意一点。"

我们的问题：旋转任意一点 (a, b)

- 假设旋转中心是 $(0, 0)$
- 假设旋转角度是 θ
- 假设旋转前的点是 (a, b)
- 假设旋转后的点是 (a', b')

在这些前提下，请用 a、b 与 θ 来表示 a'、b'。

蒂蒂："咦？嗯……"

米尔迦："波利亚应该会叫你'画出图形'吧。"

我："是啊。"

蒂蒂："好的……我画画看。"

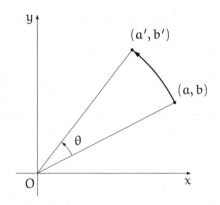

将点 (a, b) 旋转 θ，成为点 (a', b')

米尔迦："这是在旋转隐形的长方形喔。"

蒂蒂："咦……旋转长方形?"

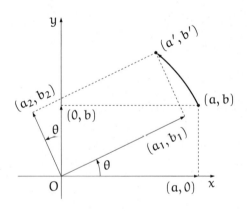

旋转长方形

我："接下来，须应用向量的加法。"

蒂蒂："向量的加法?"

米尔迦：“用箭头来表示点 (a, b)，即会形成四边形（长方形）的对

　　　　角线。用坐标来表示，则可得到各元素的和。”

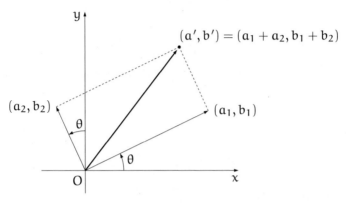

向量的加法

蒂蒂：“咦……”

米尔迦：“蒂蒂知道怎么算 (a_1, b_1) 和 (a_2, b_2) 吧?”

我：“对。”

蒂蒂：“没错，不过……”

我：“所以，这个问题的答案可以写成……”

“我们的问题”解答：旋转任意一点 (a, b)

- 假设旋转中心是 $(0, 0)$

- 假设旋转角度是 θ

- 假设旋转前的点是 (a, b)

- 假设旋转后的点是 (a', b')

在这些前提下，可用 a、b 与 θ 来表示 a'、b'，如下式：

$$\begin{cases} a' = a_1 + a_2 = a\cos\theta - b\sin\theta \\ b' = b_1 + b_2 = a\sin\theta + b\cos\theta \end{cases}$$

蒂蒂："我看到那么多符号会……"

我："不用紧张啦！既然你已经解出问题 1 和问题 2，应该能明白这个复杂的算式，是怎么算出来的。(a', b') 是由 (a_1, b_1) 和 (a_2, b_2) 所合成的喔。"

$$\begin{array}{cc} a_1 & a_2 \\ \downarrow & \downarrow \end{array}$$
$$\begin{cases} a' = a\cos\theta - b\sin\theta \\ b' = a\sin\theta + b\cos\theta \end{cases}$$
$$\begin{array}{cc} \uparrow & \uparrow \\ b_1 & b_2 \end{array}$$

蒂蒂认真地对照算式和图形。

米尔迦："接下来，讨论旋转矩阵吧。"

我："没错！点的旋转会让人想到坐标平面、向量、三角函数和矩阵，这些概念都相关喔。"

米尔迦："还有复数。"

蒂蒂："等一下啦！学长……为什么我们的讨论会朝那个方向推
　　　进呢？"

　　　蒂蒂不知所措地说。

我："怎么啦？蒂蒂。"

蒂蒂："学长……好像……什么都知道……但是我什么都不知
　　　道……不管是坐标平面、向量、旋转，还是波利亚，还有那
　　　个叫矩阵的东西。学长听得懂米尔迦学姐在说什么，米尔迦
　　　学姐也听得懂学长在说什么，但是我完全不懂，我……
　　　我……"

我："……"

米尔迦："嗯，因为我们在一起很久了嘛。"

蒂蒂："可是，我……"

我："虽然你这么说，可是从高中入学算起，也才一年多吧。"

米尔迦："什么？"

　　　米尔迦诧异地看着我。

我："你说我们在一起很久，可是从我和你的第一次见面算起，才
　　　一年多……"

米尔迦："我说的是，'我和数学在一起'很久。"

我："咦？"

瑞谷老师："放学时间到！"

　　　管理图书室的瑞谷老师，时间一到便宣布放学。

今天的数学对话告一段落。

此后，我们也能在生活中发现各种奇妙的旋转吗？

人生总是不停转动呢。

参考文献： 波利亚，《怎样解题》。

"搜集材料和创造世界的差别是什么呢？

第 3 章的问题

●问题 3-1（点的旋转）

- 假设旋转中心是 $(0, 0)$

- 假设旋转角度是 θ

- 假设旋转前的点是 $(1, 0)$

在这些前提下，请求旋转后的点 (x, y)。

（解答在第 264 页）

●问题 3-2（点的旋转）

- 假设旋转中心是 $(0, 0)$

- 假设旋转角度是 θ

- 假设旋转前的点是 $(0, 1)$

在这些前提下，请求旋转后的点 (x, y)。

（解答在第 265 页）

●问题 3-3（点的旋转）

- 假设旋转中心是 $(0, 0)$

- 假设旋转角度是 θ

- 假设旋转前的点是 $(1, 1)$

在这些前提下，请求旋转后的点 (x, y)。

（解答在第 265 页）

●问题 3-4（点的旋转）

- 假设旋转中心是 $(0, 0)$

- 假设旋转角度是 θ

- 假设旋转前的点是 (a, b)

在这些前提下，请求旋转后的点 (x, y)。

（解答在第 266 页）

计算圆周率

"'史上第一次'有着重大意义。"

4.1　我的房间

由梨："啊……好无聊，哥哥，有没有好玩的东西？"

我："跑到别人的房间，大嚷'好无聊'，这样不太对吧！由梨有带什么好玩的东西来吗？"

由梨："嗯?"

我："你之前不是都会带一些奇怪的机器、游戏过来吗？"

由梨："啊……这次没有。"

我："这样啊，你要不要随便找本书来看呢？"

由梨："不要，你怎么可以这样对待一位可爱的少女！"

我："不行吗?"

由梨："没有好玩的吗？没有好玩的吗?"（啪啪啪）

我："可爱的少女不会拍桌子喔，我想想看……我们来谈怎么计算圆周率吧。"

由梨："那是什么啊？听起来好有趣！"

4.2 圆周率

我："由梨知道什么是圆周率吗？"

由梨："哥哥知道什么是红绿灯吗？"

我："红绿灯？知道啊，为什么你要这样问呢？"

由梨："圆周率？知道啊，为什么你要这样问呢？"

我："啊……其实对数学来说，确认定义是很重要的。不知道一个字的意思就随便乱用，是没有意义的。"

由梨："总而言之，圆周率是 3.14 吧？"

我："虽然你说的没错，但不够精确。"

由梨："啊，后面要一直写下去，3.14 喵啦喵啦……"

我："虽然没错，但还是不够精确。"

由梨："不对吗？"

我："圆周率的确是 3.14… 这个可以一直写下去的数，亦即 3.141592653589793…但是这不是圆周率的定义。"

由梨："不是定义？"

我："没错，定义是指'经过某个过程所得的数，称为圆周率'，或者'圆周率是指这个数'等。"

由梨："定义成'3.14… 这个数称为圆周率'，可以吗？"

我："这么做还是不知道圆周率代表什么意义吧？所以我才会问你
　　　知道什么是圆周率吗。"

由梨："哦……"

我："例如，'圆的周长 ÷ 直径称为圆周率'。"

由梨："圆的周长 ÷ 直径？原来如此。"

我："嗯，圆的周长 ÷ 直径称为圆周率。不过，为了准确定义这
　　　个数，有件事我们必须先确定——任何圆的周长 ÷ 直径皆为
　　　定数。"

> **圆周率的定义**
>
> 圆的周长 ÷ 直径称为圆周率。

由梨："可是哥哥，圆周率是 3.14… 这件事是正确的吧？"

我："没错，圆周率的数值大概是那样。"

由梨："直径就是半径的两倍吧？"

我："是啊，所以也可以用圆的周长和半径来定义圆周率。"

圆周率的定义

假设某个圆的周长是 l，半径是 r，则将

$$\frac{l}{2r}$$

定义为圆周率。

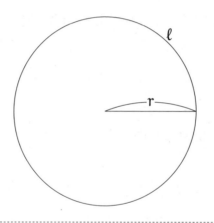

由梨："嗯。"

我："接着，你知道圆周率可以写成 π 吧？"

由梨："知道，圆的周长就是 $2\pi r$。"

我："对，这是由半径求出来的圆的周长。"

由半径求圆的周长

若某个圆的半径是 r，则周长 l 可由以下算式求得：

$$l = 2\pi r$$

其中，π 为圆周率。

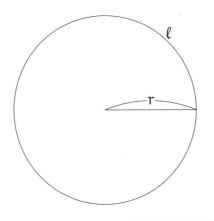

由梨："嗯，这个我懂。"

4.3　圆面积

我："接下来，你知道如何由半径和圆周率求圆面积吗？"

由梨："我知道——圆面积就是'半径 × 半径 ×3.14'，亦即 πr^2 吧？"

我："没错。"

由半径求圆面积

若某个圆的半径是 r，则圆面积 S 可由以下算式求得：

$$S = \pi r^2$$

其中，π 为圆周率。

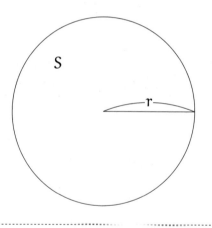

由梨："到底怎么'计算圆周率'啊?"

我："我们再看一次圆面积的公式吧。"

$$S = \pi r^2$$

由梨："所以呢?"

我："用这个公式，就可以由半径计算面积吧?"

由梨："对啊。"

我："我们把这个公式变形一下。"

$$S = \pi r^2 \quad \text{由圆的半径 } r \text{ 求圆面积 } S \text{ 的公式}$$

$$\pi r^2 = S \quad \text{等号的左右边交换}$$

$$\pi = \frac{S}{r^2} \quad \text{两边分别除以 } r^2$$

由梨："然后呢?"

我："接着便能得到以下式子。"

$$\pi = \frac{S}{r^2}$$

由梨："嗯。"

我："这个公式的 S 是圆面积，r 是圆的半径。"

由梨："嗯，没错。"

我："所以只要知道圆面积和半径，便能用 $\pi = \frac{S}{r^2}$ 算出圆周率!"

由梨："喔——好厉害! 不过，那又如何呢?"

我："呃……你不觉得很有趣吗? 只要准确算出圆面积和半径，就能算出圆周率。"

由梨："这个很有趣吗……我不认同。"

我："很有趣啦! 这是数学书中常出现的主题啊，你不想算算看吗? 不兴奋吗?"

由梨："哥哥觉得怎么样呢？"

我："觉得怎么样？什么意思？"

由梨："哥哥已经算过圆周率了吧？结果怎么样呢？你求出 3.14…
的数字了吗？"

我："咦？"

由梨："咦？"

我："……"

由梨："难道哥哥没有自己算过吗？"

我："这么说来——我好像没有算过耶。"

由梨："真不敢相信！你居然叫别人去做自己从来没做过的事！太
夸张了！"

我："知道了，知道了啦！由梨，我们一起来算圆周率吧。"

由梨："这种态度才正确嘛。"

我："你的台词怪怪的喔……你不是少女吗？怎么如此老气横秋？"

4.4 圆周率的计算方法

由梨："接着该怎么做？"

我："照着以下的步骤，即可求得圆周率的近似值。"

圆周率近似值的计算方法

步骤 1. 用圆规在方格纸上画出半径为 r 的圆。

步骤 2. 计算圆所包含的方格数。

　　　　设方格数为 n。

步骤 3. 将半径 r 和方格数 n 代入 $\dfrac{n}{r^2}$。

由梨："我们赶快来试试看吧!"

我："等一下,我要先说明这些步骤。"

由梨："很麻烦耶,快开始啦。"

我："若没有完全理解,就没有意义了。"

由梨："这样啊……"

我："'步骤 1. 用圆规在方格纸上画出半径为 r 的圆'没问题吧?
　　只是画个圆。"

由梨："半径 r 必须多长呢?"

我："嗯……"

由梨："我果然不该问没实际做过的人。"

我："呃……先设成 10 吧,$r=10$。把方格纸上 10 格的长度当作
　　半径。"

由梨："嗯。"

我："接下来,'步骤 2. 计算圆所包含的方格数。设方格数为 n',

因为我们只算圆所包含的完整方格，而不算不完整的格子，所以算出来的 n 应该会比圆面积 S 小一点。"

由梨："这个部分让我不是很满意喵……"

我："是啊。最后是'步骤 3. 将半径 r 和方格数 n 代入 $\dfrac{n}{r^2}$'，如此便可得到接近圆周率的数。"

由梨："为什么？"

我："因为假设圆面积是 S，便可得到 $S = \pi r^2$，亦即 $\pi = \dfrac{S}{r^2}$。"

由梨："嗯。"

我："只要知道面积 S 和半径 r 的正确数值，就能用 $\dfrac{S}{r^2}$ 求出准确的圆周率。不过，现在我们用方格数 n 取代圆面积 S，也就是用 $\dfrac{n}{r^2}$ 取代 $\dfrac{S}{r^2}$。我们不是利用正确的 S，而是近似于 S 的 n，所以求不出正确的圆周率，只可求出接近圆周率的数，亦即这么做可以得到圆周率的近似值。"

由梨："原来如此，我们赶快开始吧！"

4.5 半径为 10 的圆

我用圆规画一个圆。

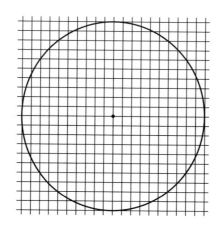

我："步骤 1，大概就是这样吧！"

由梨："半径是 10 吗？"

我："是啊，半径是 10，直径是 20。接下来是步骤 2。"

由梨："要算圆包含多少方格吗？"

我："没错，方格数设为 n，用来代替面积。"

由梨："这样啊，1, 2, 3…"

我："不对，要给数过的方格作记号。"

由梨："我不会弄错啦，放心。"

我："由梨，要做就认真做。"

由梨："哦……可是边缘的方格怎么办？"

我："边缘？"

由梨："你看，圆周会穿过某些方格吧？这些不完整的方格怎么算？"

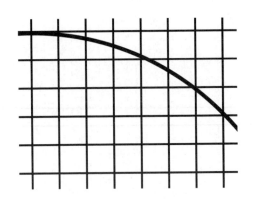

我："的确，我们必须定个规则……只计算完整的方格。如下图，浅灰色的方格是圆周内的方格，深灰色的则是圆周上的方格。"

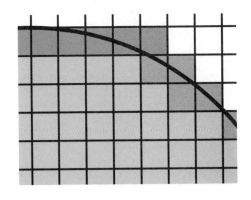

由梨："方格数太多了吧，好麻烦……啊！"

我："怎么啦？"

由梨："我想到了！不用全部算，只需把右半边的方格数乘以 2！"

我："喔，这个点子不错，由梨！"

由梨：“嘿嘿。”

我：“也可以算右上角四分之一的方格，再乘以 4。”

由梨：“咦……真的耶！变得更简单了……好，我算出来了。”

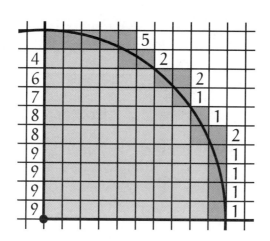

我：“这些数字是每一行的方格数吧。”

由梨：“没错。”

我：“深灰色的是圆周切到的方格，浅灰色的则是圆所包含的方格。”

由梨：“嗯，只需算四分之一圆的方格数吧。”

我：“对，快把浅灰色的方格数全部加起来吧。”

由梨：“4、6、7、两个 8、四个 9，所以……”

$$4+6+7+8\times2+9\times4=69$$

我："四分之一圆有 69 格，把这个数乘以 4，就能得到圆所包含的方格数 n。"

$$n= 浅灰色的方格数 \times 4$$
$$=69\times 4$$
$$=276 \qquad 半径为 10 的圆所包含的方格数$$

由梨："这样能算出圆周率吗?"

我："因为我们用 n 取代 S，所以接下来要算的不是 $\dfrac{S}{r^2}$，而是 $\dfrac{n}{r^2}$，如此可得'圆周率的下限值'。"

$$圆周率的下限值 = \frac{n}{r^2}$$
$$= \frac{276}{r^2} \qquad 因为 n=276$$
$$= \frac{276}{10^2} \qquad 因为 r=10$$
$$= \frac{276}{100}$$
$$=2.76$$

由梨："咦? 圆周率是 2.76? 连 3 都没看到，怎么会是 3.14 的圆周率呢? !"

我："嗯……不过 2.76 的确比圆周率小呀。"

由梨："你真是乐观喵……"

我："刚才由梨已算出圆周通过的方格数了吧?"

由梨："是啊。"

我："我们把浅灰色和深灰色的方格加起来，会得到'圆周率的上限值'喔。"

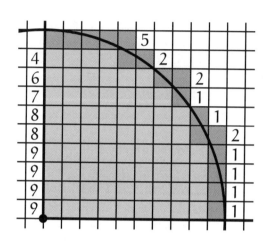

由梨："原来如此！深灰色有 5、2、2、两个 1、2、四个 1。"

$$5+2+2+1 \times 2+2+1 \times 4=17$$

我："四分之一圆有 17 格，把 17 乘以 4，'圆周率的上限值'是……"

$$\text{圆周率的上限值} = \frac{n+(\text{深灰色方格数}) \times 4}{r^4} = \frac{n+17 \times 4}{r^2}$$
$$= \frac{276+17 \times 4}{r^2}$$
$$= \frac{276+68}{r^2}$$
$$= \frac{344}{r^2}$$

$$= \frac{344}{10^2}$$

$$= \frac{344}{100}$$

$$= 3.44$$

由梨："是 3.44！会不会太大啊？"

我："是啊。我们先把求得的结果整理一下吧！计算方格数得到的结论是……"

利用半径为 10 的圆，估计圆周率的范围：

$$2.76 < \pi < 3.44$$

圆周率大于 2.76，小于 3.44。

由梨："呃……"

我："目前还看不出来圆周率是不是 3.14……不过，可以确定它大于 2.76，小于 3.44。"

由梨："嗯……"

我："浅灰色部分可以得到'圆周率的下限值'，浅灰色和深灰色部分相加可得'圆周率的上限值'，真正的圆周率在这两个数之间。"

由梨："没错啦……但是范围太大啦！"

我："的确。"

由梨："好沮丧喔！无法求得更精确的数值吗？为什么两个数差那么多？"

我："由梨觉得为什么呢？"

由梨："当然是——当然是因为太方正啦！"

我："方正？"

由梨："你看，刚才的方格都很方正，一点也不圆啊。"

我："是啊，一点也不圆。"

由梨："只要变圆就行了！方格小一点就可以啦！"

我："是啊，接下来加大 r，让方格变小吧。"

由梨："$r=100$ 吧！"

我："嗯，这样可能太大，我们先试试 $r=50$。"

由梨："好！"

4.6　半径为 50 的圆

我："你画出来了吗？"

由梨："$r=50$ 的圆画好了，但是方格太小了吧！接下来该怎么做呢？"

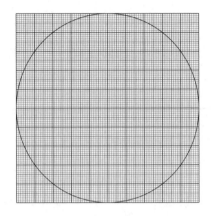

我："这次只需算八分之一圆……但还是很麻烦啊。"

由梨："拿你没办法，由梨算给你看吧。"

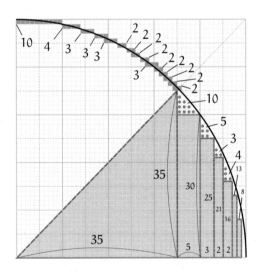

我："算好了吗?"

由梨："算好了! 我看看……"

我：“你念出来，我再记下来。是八分之一圆周喔。”

由梨：“知道，10、4、四个 3、九个 2。”

　　　“圆周的八分之一” = 10＋4＋3×4＋2×9 = 44

我：“总共是 44，所以整个圆周有 44×8 = 352 格。”

由梨：“费了一番工夫，我终于算出圆所包含的方格数了，你看!”

我：“原来如此，你算出三角形和长方形的方格数，再加起来吧？由梨。”

由梨：“没错。三角形的两边皆是 35 格……是等腰直角三角形，长方形则有好几种，5×30、3×25、2×21、2×16、1×13、1×8，右上方空隙的方格数是 10、5、3、4。”

$$三角形 = \frac{35×35}{2} = 612.5$$

$$长方形 = 5×30＋3×25＋2×21＋2×16＋1×13＋1×8$$

$$= 150＋75＋42＋32＋13＋8$$

$$= 320$$

$$空隙 = 10＋5＋3＋4$$

$$= 22$$

$$合计 = 612.5＋320＋22$$

$$= 954.5$$

我：“八分之一圆的面积是 954.5 格，乘以八，954.5×8 = 7636。”

由梨：“7636 是圆所包含的方格数，所以这样算可以求得圆周率吧？”

我："可以。半径 $r=50$，圆所包含的方格数是 7636，把圆周加进去则是 $7636+352=7988$。"

由梨："r^2 是 50×50，等于 2500。"

$$圆周率的下限值 = \frac{7636}{2500}$$
$$= 3.0544$$

$$圆周率的上限值 = \frac{7636+352}{2500}$$
$$= \frac{7988}{2500}$$
$$= 3.1952$$

我："如此一来，会得到——"

利用半径为 50 的圆，估计圆周率的范围：

$$3.0544 < \pi < 3.1952$$

圆周率大于 3.0544，小于 3.1952。

由梨："……"

我："……"

由梨："我说哥哥啊……"

我："怎么啦……"

由梨："我不满意这个结果！"

我："和确切数值有差距呢……"

由梨："花那么多力气算，还是和 3.14 差很多啊喵！"

我："不过，范围比刚才缩小了，由梨。"

由梨："缩小了？"

我："确切圆周率的估计范围缩小了。"

$$3.44 - 2.76 = 0.68 \quad r = 10 \text{ 所得的估计范围差值}$$

$$3.1952 - 3.0544 = 0.1408 \quad r = 50 \text{ 所得的估计范围差值}$$

由梨："真的耶！从 0.68 变成了 0.1408。"

我："上限值与下限值一前一后逼近圆周率。"

由梨："可是还差得很远——要更接近才行啦！"

4.7　求更精确的圆周率

我："接下来要做什么呢？"

由梨："什么？"

我："你要把'圆周率是大于 3.0544，小于 3.1952 的数'当作结论吗？"

由梨："不要。"

我："不要吗？"

由梨："不要，我不认输，至少要求出 3.14，我才甘心。"

我："把 r 再加大吗？"

由梨："不要，没有比较轻松的方法吗？快想嘛，哥哥——"

　　（哐当哐当）

我："可爱的少女不会这样摇桌子喔。"

由梨："哎哟，你想想看嘛！"

我："说的也是……"

由梨："别以为我会轻易放过你！"

我："你的角色越来越奇怪啰，像个大反派呢。"

4.8　运用阿基米德的方法求圆周率

我："我知道了，接下来不要用数方格的方式计算，改用阿基米德的方法。"

由梨："阿基米德？"

我："阿基米德的方法运用了圆内接正 n 边形和圆外切正 n 边形。下面这张图是 $n=6$ 的图形，包含一个圆和两个正六边形。"

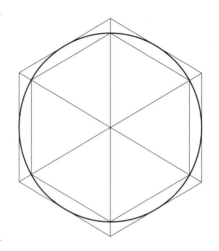

由梨："有一个圆被两个正六边形夹住。"

我："接下来，我们要以一连串的计算，求圆周率的近似值，亦即求圆周率的估计范围。阿基米德的方法可以用下面的不等式来表示。"

圆内接 n 边形的周长 < 圆周 < 圆外切 n 边形的周长

由梨："喔——原来如此。因为圆夹在内侧的六边形与外侧的六边形之间吗?"

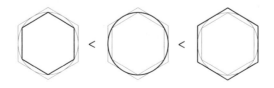

我："是啊……不过为了方便计算，再加上 2 吧，将'内接正 n 边

形的周长'设为 $2L_n$、'外切正 n 边形的周长'设为 $2M_n$，当 $n=6$ 时，以下式子会成立。"

$$2L_6 < 2\pi < 2M_6$$

由梨："为什么？"

我："因为 $2L_6$ 代表'内接正六边形的周长'，$2M_6$ 代表'外切正 六边形的周长'，而中间的 2π 则是半径为 1 的圆的周长。圆 的周长是 $2\pi r$，由于 $r=1$，因此是 2π。"

由梨："原来如此。"

我："每项都除以 2，可得下式。中间的 π 就是圆周率。"

$$L_6 < \pi < M_6$$

由梨："然后呢？"

我："现在，我们考虑的是正六边形的情况，而阿基米德把这个方 法推展到正十二边形的情况。"

由梨："从正六边形到正十二边形……是边数增加一倍吗？"

我："没错。正十二边形的周长介于正六边形的周长和圆的周长之 间，所以可以得到以下式子。"

$$L_6 < L_{12} < \pi < M_{12} < M_6$$

由梨："啊！"

我："你懂了吗?"

由梨："好像有点懂。"

我："之前, π 在 L_6 和 M_6 之间, 现在则在 L_{12} 和 M_{12} 之间。这是因为正十二边形比正六边形更接近圆形。"

由梨："范围变小了!"

我："重复这个步骤, 就能夹出正确的数值。"

由梨："夹?"

我："没错, 圆周率是夹出来的近似值。"

由梨："结论该不会是'圆周率大约为 3'吧?"

我："你这么不相信我啊。阿基米德最后求出了小数点后的两位数字—— 3.14。"

由梨："真的吗? 快点试试看吧! 快点!"

4.9　使用正九十六边形的理由

我："阿基米德使用的是正九十六边形。"

由梨："正九十六边形? 和圆差不多吗?"

我："因为正九十六边形很接近圆, 所以才能求出圆周率的近似值。"

由梨："但是, 与其用正'九十六'边形这种不上不下的数, 用正'一百'边形不是更好吗?"

我："九十六是有意义的, 从正六边形开始——"

$$6 \to 12 \to 24 \to 48 \to 96$$

由梨："喔，原来如此，边数每次增加一倍。"

我："没错，正多边形的边数每次都增加一倍。"

由梨："所以必须用正九十六边形。"

我："不过阿基米德并不是真的画一个正九十六边形，而是以'从正 n 边形画出正 $2n$ 边形'的方法，计算圆周率。"

由梨："我听不懂。"

我："例如，从'内接正六边形'画出'内接正十二边形'。下图有正十二边形吧？"

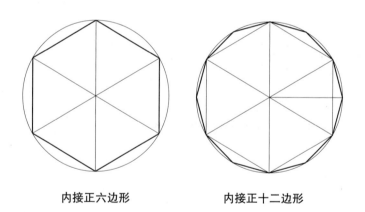

内接正六边形   内接正十二边形

由梨："有啦……"

我："从六变成十二，会让圆周率的范围变小，重复几次这个步骤……"

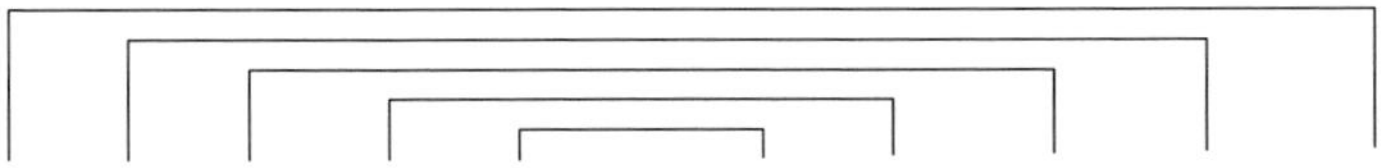

$$L_6 < L_{12} < L_{24} < L_{48} < L_{96} < \pi < M_{96} < M_{48} < M_{24} < M_{12} < M_6$$

由梨："……"

我："阿基米德逐渐增大正 n 边形的 n，希望 L_{96} 和 M_{96} 逼近真正的 π 值，所以需计算 ' L_n 和 M_n '。"

由梨："从六到九十六？这样会花很多时间吧！"

我："每次只增加一条边，的确很难计算，所以我们让边数每次变为原来的两倍。为了达到这个目的，我们必须知道 '边数变为原来两倍的边长计算方法'。"

由梨："喔——该怎么做呢？"

我："刚才的图不容易看出细节，我们把图放大吧。"

由梨："嗯！……不过，这样真的算得出 3.14 吗？"

4.10　由内接正 n 边形求外切正 n 边形

我："首先，把内接正 n 边形和外切正 n 边形的其中一条边放大。"

由梨："嗯。"

我："图中，O 是单位圆的圆心，线段 AB 是内接正 n 边形的一条边，而线段 $A'B'$ 是外切正 n 边形的一条边。"

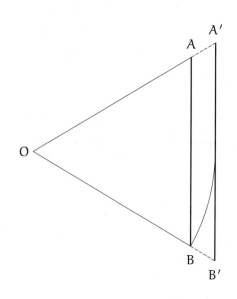

由梨："嗯——我知道了，这像一小片比萨！"

我："啊，看起来比较像比萨，而不是派吗？"

由梨："……这不重要啦，赶快继续说。"

我："我们必须求出'内接正 n 边形的边长'和'外切正 n 边形的边长'两者之间的关系。"

由梨："为什么？"

我："因为要算正 n 边形的周长，只需知道其中一条边的边长，再把边长乘以 n。"

由梨："没错啦。"

我："现在我们要算边长，为了方便思考，我们可以画出以下几条线，并以符号命名。"

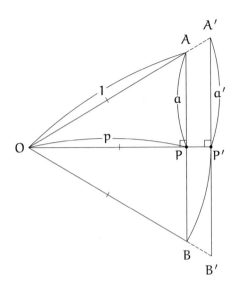

由梨："突然变得好复杂……"

我："不会啊，我逐个说明图中符号吧。"

- 点 P' 为线段 $A'B'$ 与圆的切点。

- 点 P 为线段 AB 与 OP' 的交点。线段 AB 与线段 OP' 互相垂直。

由梨："嗯，不过为什么要特别注意 P 和 P' 呢?"

我："因为我打算利用三角形的性质计算长度。"

由梨："喔——"

我："再来，为这些线段定出长度吧。"

- 线段 OA 是单位圆的半径，所以长度为 1

- 令线段 OP 的长度为 p

- 令线段 AP 的长度为 a

- 令线段 $A'P'$ 的长度为 a'

由梨："为什么线段要以符号命名？这样很难念吧？"

我："不会，刚好相反，帮线段命名，写算式会比较方便。"

由梨："算式？"

我："嗯，举例来说，你知道这个内接正 n 边形的边长是多少吗？"

由梨："不知道。"

我："呃，怎么会不知道？仔细看图就知道了喔！"

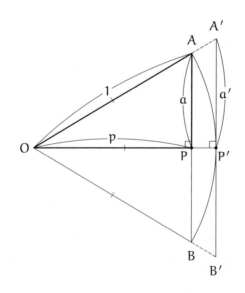

由梨："内接正 n 边形的边长……啊，我知道，是 a 的两倍。"

我："没错，内接正 n 边形的边长和线段 AB 的长度相等，而 AP 和 PB 的长度相等，因此线段 AB 的长度是 $2a$。"

由梨："嗯，哥哥，三角形 OAB 是等腰三角形吧？因为 OA 和 OB
　　　相等。"

我："没错。你知道为什么 OA 和 OB 相等吗？"

由梨："因为都是圆的半径。"

我："厉害！由梨观察得很仔细。"

由梨："嘿嘿。"

我："我现在想要由内接正 n 边形的边长（$2a$）求外切正 n 边形的
　　　边长（$2a'$），所以会运用三角形。"

由梨："哪个三角形？"

我："三角形 AOP 和三角形 $A'OP'$。"

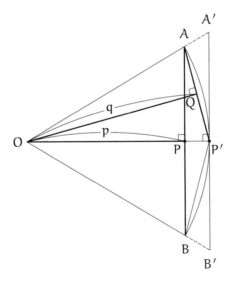

由梨："AOP 和 $A'OP'$……"

我："利用包含线段的三角形来计算此线段的长度是很自然的方式哦。比较三角形 AOP 和三角形 $A'OP'$，你会发现什么呢？"

由梨："两者形状一样。"

我："没错！形状一模一样，只有大小不一样，这是相似三角形。因为'角 AOP 与角 $A'OP'$ 相等'，且'角 APO 与角 $A'P'O$ 相等'，所以三角形 AOP 与三角形 $A'OP'$ 为相似形。"

由梨："……"

我："三角形 AOP 和三角形 $A'OP'$ 为相似形，所以对应的边会等比变化吧？"

由梨："嗯，我知道。"

我："把边 OP 延伸至 OP'，则边 AP 会以同样比例延伸成边 $A'P'$，所以可得如下结果。"

$OP:OP' = AP:A'P'$	因为 $OP \to OP'$ 与 $AP \to A'P'$ 延伸的比例相等
$p:1 = AP:A'P'$	因为 $OP=p$，半径 $OP'=1$
$p:1 = a:a'$	因为 $AP=a$，$A'P'=a'$
$\dfrac{p}{1} = \dfrac{a}{a'}$	以分数表示比值
$a = pa'$	等号两边各乘以 a'，左右交换

我："这样便能看出'a 和 a' 的关系'。你看得出来吧？"

由梨："明明 a' 比 a 长，却 $a=pa'$，很奇怪吧！"

我："不，一点也不奇怪。p 是比 1 小的数，所以 $a=pa'$ 很正常。"

由梨："喔，这样啊。"

"整理 1"（由内接正 n 边形的边长，求外切正 n 边形的边长）

假设内接正 n 边形的边长为 $2a$，外切正 n 边形的边长为 $2a'$，则以下式子成立：

$$a' = \frac{a}{p}$$

p 是"垂线长度，此垂线由圆心出发，垂直于正 n 边形的一条边"。

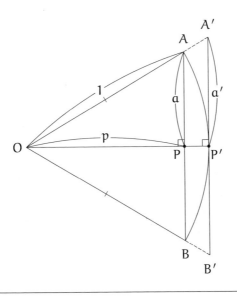

我："对了，根据我们的目的，写成 $a' = \dfrac{a}{p}$ 比 $a=pa'$ 还适合。此式显示我们通过内接正 n 边形的边长（一半），求出外切正 n 边形的边长（一半）。先整理一下目前的结果吧！"

由梨："好的！可是……"

我："可是？"

4.11 内接正 n 边形

由梨："我不知道 $a' = \dfrac{a}{p}$ 的 p 是什么意思。"

我："p 就是由圆心出发……"

由梨："我不是这个意思啦！明明是'由 a 求 a'的方法，却突然跑出 p，这样算得出来吗？真是乱七八糟！"

我："啊，你是这个意思呀……只要确定 p 是什么，你就懂了吧。看图应该会明白……"

由梨："哦——"

我："利用勾股定理来算吧。"

由梨："那是什么？"

我："三角形 AOP 是直角三角形，所以可以用勾股定理来算。只要求两条直角边的长度的平方和，即能得到斜边长的平方。"

$$OP^2 + AP^2 = OA^2 \qquad \text{根据勾股定理，写出直角三角形}$$
$$AOP \text{ 的三个边长}$$

$$p^2 + a^2 = 1^2 \qquad \text{因为 } OP=p,\ AP=a,\ OA=1$$

$$a^2 = 1 - p^2 \qquad \text{将 } p^2 \text{ 移项至等号右边}$$

$$a = \sqrt{1 - p^2} \qquad \text{因为 } a>0,\ \text{所以取正平方根}$$

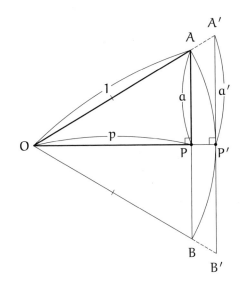

由梨："哥哥刚才用了勾股定理，把式子变来变去，可是你到底想

　　　　做什么呢？我不明白。"

我："嗯，来看看 $a = \sqrt{1 - p^2}$ 这个等式吧，等号左边是 a，右边

　　　是 p。"

由梨："嗯。"

我："所以 $a = \sqrt{1 - p^2}$ 这个等式能够'由 p 求 a'，对吧？"

由梨："由 p 求 a……咦？"

我："等式 $a = \sqrt{1-p^2}$ 代表'知道 p，便能算出 a'。"

由梨："喔！是这个意思啊！"

我："因此，p 是很重要的数！知道 p 就能算出 a，知道 p 和 a 就能算出 a'。"

由梨："没错！"

我："整理一下思绪吧。"

"整理 2"（内接正 n 边形）

设内接正 n 边形的边长为 $2a$，线段 OP 从圆心出发，垂直于内接正 n 边形的一条边，长度为 p，则以下等式成立：

$$a = \sqrt{1-p^2}$$

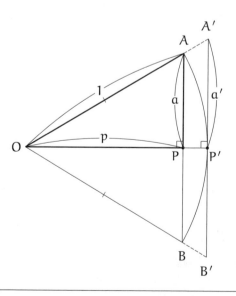

4.12　由内接正 *n* 边形求内接正 2*n* 边形

我："接着，我们来思考内接正 2*n* 边形的情况吧。"

由梨："刚才不是做过了吗？"

我："不对，刚才讨论的是内接和外切正 *n* 边形。接下来，我们只讨论内接，而且要由正 *n* 边形求正 2*n* 边形。"

由梨："啊！"

我："画出图，标上符号。外切正 *n* 边形有点碍事，先拿掉吧。"

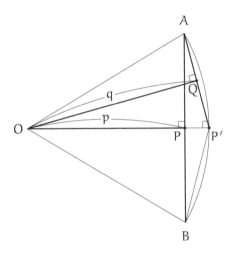

由梨："咦——变得乱七八糟！"

我："不会，只是连接点 *A* 和点 *P'*，再由点 *O* 做线段 *AP'* 的垂线。"

由梨："哥哥，为什么要把点 *A* 和点 *P'* 连起来呢？"

我："因为 *AP'* 是正 2*n* 边形的一条边。"

由梨："哦……"

我："由梨还看不出来哪个是'内接正 n 边形'的边，哪个是'内接正 $2n$ 边形'的边吗？你再仔细看看这张图吧。"

由梨："嗯——"

我："再看一次下图。"

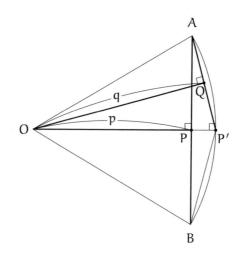

我："图中，纵向的线段 AB 是内接正 n 边形的一条边，而右边构成一定角度的 AP' 和 $P'B$ 是内接正 $2n$ 边形的两条边。你明白线段的位置关系了吗？"

由梨："啊，我懂了。q 是 OQ 的长度吗？"

我："没错。"

由梨："接下来该做什么呢？"

我："嗯，我们的目的是推导出由 AB 求 AP' 长度的公式喔，因为

我们想由内接正 n 边形的边长，算出内接正 $2n$ 边形的边长。"

由梨："嗯。"

我："为达这个目的，我们必须知道如何由 $AP=a$ 求 AQ，亦即由 AB 的一半求 AP' 的一半。在这之前，我们必须先知道由 OP 求 OQ 的方法，亦即用 p 表示 q。这就是 '由正 n 边形到正 $2n$ 边形' 的重点。"

由梨："嗯……"

我："听起来很难吗？p 之于正 n 边形，相当于 q 之于正 $2n$ 边形。所以只要由 p 求出 q，就能从正六边形开始，$6 \to 12 \to 24 \to 48 \to 96$，一步步达成我们的目的。"

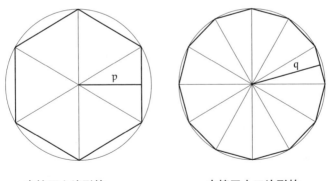

内接正六边形的 p　　　　　内接正十二边形的 q

由梨："又要写算式啊?"

我："当然，我们应该写 $q=$ '以 p 表示' 的算式。"

由梨："该怎么做呢？"

我："我不知道。"

由梨："咦？"

我："由梨，给我一点时间想想看。"

　　我在图形上摸索一阵子。

我："嗯……"

由梨："有这么难吗？"

我："也不是，虽然可以用三角函数这个绝招解决，但这样太无趣
　　了……啊，这样如何呢？先作一条垂线。"

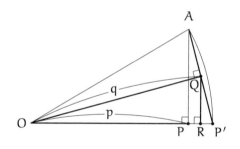

由梨："呃，变得更复杂了。"

我："这样画很好懂喔。过点 Q 作线段 OP' 的垂线，设垂足为 R。"

由梨："垂足？"

我："垂线和底线的交点，称为'垂足'。"

由梨："然后呢？"

我："因为要由 p 求 q，我们先聚焦于三角形 QOR，由此可知，三角形 QOR 和三角形 AOQ 是相似形。"

由梨："又是相似形？"

我："是啊，跟刚才一样。要由 p 求 q，需考虑延伸的幅度比例，所以要寻找相似形。'寻找相似形'需注意角度大小，如果一个三角形有两个角等于另一个三角形的两个角，则这两个三角形就是相似形，所以必须注意角度的异同。首先，'角 AQO 和角 QRO 相等'吧？因为它们是直角。你明白为什么'角 AOQ 和角 QOR 相等'吗？"

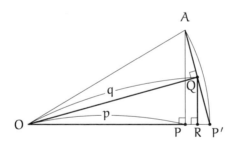

由梨："因为由图看来，长得一样吧。"

我："其实是因为线段 OA 和线段 OP' 都是圆的半径。换句话说，三角形 $OP'A$ 是等腰三角形，所以底角 OAP' 和 $OP'A$ 相等。"

由梨："喔。"

我："所以 AOQ 和 $P'OQ$ 这两个三角形完全一样，是等腰三角形 AOP' 被 OQ 切开所形成的两个三角形，这代表角 AOQ 和角 $P'OQ$ 相等。因此，'角 AOQ 和角 QOR 相等'。"

由梨："原来如此！"

我："相似形的比例可以这么算……"

$$OR : OQ = OQ : OA$$

$$OR : q = q : 1 \qquad 因为\ OQ = q\ ，OA = 1$$

$$OR = q^2$$

由梨："OR 看起来有点复杂耶！"

我："这样啊……可是线段 $OR = OP + PR = p + PR$ 成立呀……"

由梨："PR 的长度是多少？"

我："嗯，算出 PR 的长度，问题就解决了！"

由梨："算得出来吗？"

我："……"

由梨："哥哥啊。"

我："呃……你不要那么急啦……"

由梨："可是，R 不就是 PP' 的中点吗？"

我："看起来是这样啦……啊！我知道了！"

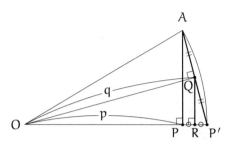

由梨："这个是什么?"

我："三角形 $P'QR$ 和三角形 $P'AP$ 是相似形,相似比为 2。"

$$OR = OP + PR$$

$$= p + PR \quad \text{因为 } OP = p$$

$$= p + \frac{PP'}{2} \quad \text{因为 } PR = \frac{PP'}{2}$$

$$= p + \frac{1 - OP}{2} \quad \text{因为 } PP' = OP' - OP \text{ 且 } OP' = 1$$

$$= p + \frac{1 - p}{2} \quad \text{因为 } OP = p$$

$$= \frac{1 + p}{2}$$

我："因为 $OR = q^2$ 且 $OR = \dfrac{1+p}{2}$,所以……"

$$q^2 = \frac{1 + p}{2}$$

$$q = \sqrt{\frac{1 + p}{2}} \quad \text{因为 } q > 0$$

我："这么一来,便能由 p 求 q!"

由梨："呃……我跟不上啦——"

我："快看'整理3'！"

> **"整理3"（内接正 n 边形）**
>
> 由圆心出发，垂直于内接正 n 边形的一条边，作垂线，长度为 p；由圆心出发，垂直于圆内接正 $2n$ 边形的一条边，作垂线，长度为 q，则以下式子会成立：
>
> $$q = \sqrt{\frac{1+p}{2}}$$
>
>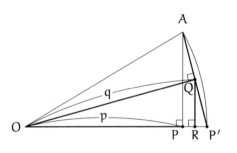

由梨："嗯，哥哥，不好意思，我有点腻了。"

我："准备工作终于结束，从目前的准备工作看来，我们应该能求出由梨期待的 3.14 哦……"

由梨："真的吗？"

我："嗯，一定可以！"

4.13　终于得到 3.14

由梨："刚才做的一大堆计算为什么能算出 3.14 呢？离 3.14 还很
　远吧……"

我："我们把目前得到的结果整理一下吧。"

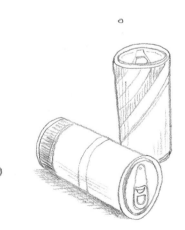

"整理 1, 2, 3"

$$a = \sqrt{1 - p^2} \qquad 用\,p\,表示\,a（第 178 页）$$

$$a' = \frac{a}{p} \qquad 用\,p,\ a\,表示\,a'（第 175 页）$$

$$q = \sqrt{\frac{1+p}{2}} \qquad 用\,p\,表示\,q（第 186 页）$$

$$L_n = n \cdot a \qquad 用\,a\,表示\,L_n$$

$$M_n = n \cdot a' \qquad 用\,a'\,表示\,M_n$$

- $2a$ 为"内接正 n 边形的边长"

- $2a'$ 为"外切正 n 边形的边长"

- p 为"垂线的长度，此垂线从圆心出发，垂直于正 n 边形的一条边"

- q 为"垂线的长度，此垂线从圆心出发，垂直于正 $2n$ 边形的一条边"

- $2L_n$ 为"内接正 n 边形的周长"

- $2M_n$ 为"外切正 n 边形的周长"

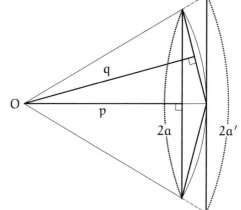

由梨：“接下来该怎么做呢？”

我：“虽然我们把这些线段命名为 $2a$, $2a'$, p, q，但这样其实不太好。”

由梨：“你怎么现在才说!”

我：“我们应该‘用 n 表示’，因为只要 n 改变，$2a$, $2a'$, p, q 便会跟着改变。”

由梨：“为什么不一开始就用 n 来表示呢？”

我：“因为这么做，思考过程的算式会变得很复杂。不过，接下来，为了按照阿基米德的方法来推导，让 n 依照 $6 \to 12 \to 24 \to 48 \to 96$ 的顺序增大，即使算式变得比较复杂，也忍耐一下吧。我们把‘整理 1, 2, 3’重写一遍吧。”

由梨：“咦？ q 怎么变成 p_{2n} 了？”

我：“因为 p 是正 n 边形所用的符号，而 q 是正 $2n$ 边形所用的符号。”

由梨：“接下来该做什么呢？”

我：“由‘整理 1, 2, 3’可知——”

- 由 p_n 可求 a_n

- 由 p_n 和 a_n 可求 a'_n

- 由 p_n 可求 p_{2n}

"整理 1, 2, 3"

$$a_n = \sqrt{1 - p_n^2} \qquad \text{用 } p_n \text{ 表示 } a_n$$

$$a_n' = \frac{a_n}{p_n} \qquad \text{用 } p_n, a_n \text{ 表示 } a_n'$$

$$p_{2n} = \sqrt{\frac{1 + p_n}{2}} \qquad \text{用 } p_n \text{ 表示 } p_{2n}$$

$$L_n = n \cdot a_n \qquad \text{用 } a_n \text{ 表示 } L_n$$

$$M_n = n \cdot a_n' \qquad \text{用 } a_n' \text{ 表示 } M_n$$

- $2a_n$ 为"内接正 n 边形的边长"

- $2a_n'$ 为"外切正 n 边形的边长"

- p_n 为"垂线长度，此垂线从圆心出发，垂直于正 n 边形的一条边"

- p_{2n} 为"垂线长度，此垂线从圆心出发，垂直于正 $2n$ 边形的一条边"

- $2L_n$ 为"内接正 n 边形的周长"

- $2M_n$ 为"外切正 n 边形的周长"

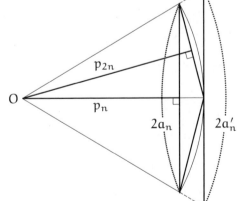

由梨："嗯。"

我："所以，我们可以按照下列顺序计算各值，还可求每个 p_n 的 a_n、a_n'、L_n 和 M_n。"

$$p_6 \rightarrow p_{12} \rightarrow p_{24} \rightarrow p_{48} \rightarrow p_{96}$$

由梨："嗯。"

我："于是我们可以用'内接正 n 边形的周长为 $2L_n$'，以及'外切正 n 边形的周长为 $2M_n$'夹出答案。圆周长是 $2\pi r$，由于 $r=1$，所以圆周长是 2π。"

$$2L_n < 2\pi < 2M_n$$

由梨："我们用'圆周率的下限值'和'圆周率的上限值'夹出答案!"

我："没错。把周长设为 $2L_n$，只是为了让算式更简单。若把所有项目都除以 2，会变成下式。"

$$L_n < \pi < M_n$$

我："从正六边形开始则是下式。"

$$L_6 < \pi < M_6$$

由梨："L_6 是指内接正六边形的周长吗?"

我："是周长的一半，$2L_6 = 6$，所以周长是 $L_6 = 3$。"

由梨："啊，这样啊。"

我："只要画出正六边形的图即可看出，p_6 等于正三角形的高（三角形边长为 1）。利用勾股定理计算，可得到式子 $p_6 = \sqrt{1^2 - \left(\dfrac{1}{2}\right)^2} = \dfrac{\sqrt{3}}{2}$。"

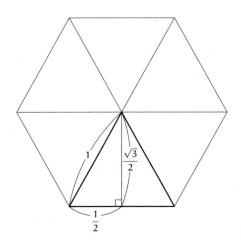

我："知道 p_6 就算得出 a_6，知道 a_6、p_6 就算得出 a_6'，知道 a_6' 就算得出 $M_6 = 6 \cdot a_6'$。接着，便能利用'整理 1, 2, 3'，依序算出各 p_n 的值。平方根的计算交给计算器吧！

$$p_6 = \frac{\sqrt{3}}{2} \approx 0.866025403$$

$$a_6 = \sqrt{1 - p_6^2} = \sqrt{1 - \left(\frac{\sqrt{3}}{2}\right)^2} = 0.5$$

$$a_6' = \frac{a_6}{p_6} \approx 0.577350269$$

$$L_6 = 6 \cdot a_6 \approx 3$$

$$M_6 = 6 \cdot a_6' = 3.464101614$$

由梨："呃，这个是?"

我："计算 L_6 和 M_6 呀！这么一来，便能算出'由正六边形求得的圆周率范围'。"

由正六边形求得的圆周率范围：

$$3 = L_6 < \pi < M_6 = 3.464101614$$

圆周率介于 3 和 3.464…之间。

由梨："哥哥！3.464…这个数根本不行！和 3.14 差太多啦……"

我："冷静，这只是第一步的 $n = 6$。接下来，要算 $n = 12$，需运用刚才写的'整理 1, 2, 3'。"

由梨："喔。"

我："接着算 $n = 12$，照着刚才的步骤，不过 n 要变成原来的两倍。"

$$p_{12} = \sqrt{\frac{1 + p_6}{2}} \approx 0.965925825$$

$$a_{12} = \sqrt{1 - p_{12}^2} \approx 0.25881905$$

$$a_{12}' = \frac{a_{12}}{p_{12}} \approx 0.267949197$$

$$L_{12} = 12 \cdot a_{12} = 3.1058286$$

$$M_{12} = 12 \cdot a'_{12} = 3.215390364$$

由梨："嗯——圆周率介于 L_{12} 和 M_{12} 之间吧……"

由正十二边形求得的圆周率范围：

$$3.1058286 = L_{12} < \pi < M_{12} = 3.215390364$$

圆周率介于 $3.105\cdots$ 和 $3.215\cdots$ 之间。

我："不错，圆周率的范围缩小到 $3.105\cdots$ 和 $3.215\cdots$ 之间了。"

由梨："嗯！赶快算下一个吧！"

我："下一个是 $n=24$。"

$$p_{24} = \sqrt{\frac{1+p_{12}}{2}} \approx 0.99144486$$

$$a_{24} = \sqrt{1-p_{24}^2} \approx 0.130526204$$

$$a'_{24} = \frac{a_{24}}{p_{24}} \approx 0.131652509$$

$$L_{24} = 24 \cdot a_{24} = 3.132628896$$

$$M_{24} = 24 \cdot a'_{24} = 3.159660216$$

> **由正二十四边形求得的圆周率范围：**
>
> $$3.132628896 = L_{24} < \pi < M_{24} = 3.159660216$$
>
> 圆周率介于 3.132… 和 3.159… 之间。

由梨："好厉害！好厉害！介于 3.13 和 3.15 之间，就是 3.14！"

我："是啊，这么一来就确定圆周率的数值是 3.1…。不过，还没办法确定是 3.14 哦，因为下限值是 3.132…，所以圆周率可能是 3.133…。"

由梨："你怎么突然变得那么谨慎啊！快点做正四十八边形吧！"

我："嗯，说的也是。再来是 $n = 48$。"

$$p_{48} = \sqrt{\frac{1 + p_{24}}{2}} \approx 0.997858922$$

$$a_{48} = \sqrt{1 - p_{48}^2} \approx 0.065403149$$

$$a_{48}' = \frac{a_{48}}{p_{48}} \approx 0.065543482$$

$$L_{48} = 48 \cdot a_{48} = 3.139351152$$

$$M_{48} = 48 \cdot a_{48}' = 3.146087136$$

由梨："出现了！M_{48} 中出现了 3.14！"

我："嗯，不过下限值 L_{48} 还是 3.139…。"

> **由正四十八边形求得的圆周率范围：**
>
> $$3.139351152 = L_{48} < \pi < M_{48} = 3.146087136$$
>
> 圆周率介于 $3.139\cdots$ 和 $3.146\cdots$ 之间。

由梨："还差一步！"

我："所以，要算出 3.14，必须做到正九十六边形。"

由梨："啊，原来如此！阿基米德真厉害！"

我："我们快点来做正九十六边形吧！"

由梨："好！"

$$p_{96} = \sqrt{\frac{1+p_{48}}{2}} \approx 0.999464587$$

$$a_{96} = \sqrt{1-p_{96}^2} \approx 0.032719107$$

$$a'_{96} = \frac{a_{96}}{p_{96}} \approx 0.032736634$$

$$L_{96} = 96 \cdot a_{96} = 3.141034272$$

$$M_{96} = 96 \cdot a'_{96} = 3.142716864$$

我："出现了！"

由梨："出现了！ 3.14 出现了！"

> **由正九十六边形求得的圆周率范围:**
>
> $$3.141034272 = L_{96} < \pi < M_{96} = 3.142716864$$
>
> 圆周率介于 3.141… 和 3.142… 之间。

我:"嗯,我们已确定,圆周率 π 大于 3.141…,小于 3.142…,也就是说——"

由梨:"也就是说——圆周率是 3.14…。对吧?"

我:"是啊,小数点后的两位数字已确定!"

由梨:"太棒了!我们终于算出了 3.14!"

> **从正六边形到正九十六边形,夹出来的圆周率:**
>
> | n | L_n | $<$ | π | $<$ | M_n |
> |-----|-------|-----|-------|-----|-------|
> | 6 | 3.000… | $<$ | π | $<$ | 3.464… |
> | 12 | 3.105… | $<$ | π | $<$ | 3.215… |
> | 24 | 3.132… | $<$ | π | $<$ | 3.159… |
> | 48 | 3.139… | $<$ | π | $<$ | 3.146… |
> | 96 | 3.142… | $<$ | π | $<$ | 3.142… |

我:"完成了,由梨!"

由梨:"完成了!原来 3.14 可以一步步算出来!"

注 1. "我"和由梨使用计算器来计算平方根，而阿基米德是用直式开平方法来计算的。

注 2. 上文所出现的数值，没有考虑到计算器的有效位数，例如 3.141034272 或 3.142716864 等很长的数字，最末端的位数并不正确。

参考文献： 上野健尔《円周率πをめぐって》(日本评论社)。

"'自己的第一次'具有重大意义。"

第 4 章的问题

●问题 4-1（测量圆周率）

怎么用卷尺测量圆周率的近似值呢？首先，找一个圆形物体，用卷尺量周长。接着，用卷尺量直径。假设圆的周长是 l，直径是 a，则该如何求圆周率的近似值呢？

（解答在第 267 页）

●问题 4-2（"称称"看圆周率）

怎么用厨房电子秤（用来调整食材用量的秤）算圆周率的近似值呢？首先，在方格纸上画出半径为 a 的圆，剪下来，并称重量。再来，在同样的方格纸上，画边长为 a 的正方形，把它剪下来，并称重量。假设圆的重量是 x 克，正方形的重量是 y 克，则该如何求圆周率的近似值呢？

（解答在第 268 页）

绕着圈子前进

"眼睛所见的，是真正的'形状'吗？"

5.1　在图书室

下课后，我一如往常，在图书室研究数学。蒂蒂向我走来，对我打声招呼。

蒂蒂："学长……你现在方便吗？我想问你一个问题。"

我："啊，等我一下，我把这个部分写完——嗯，好了，怎么啦？"

蒂蒂："不好意思，打扰你学习了……之前学长教我怎么旋转点，
　　　　以及三角函数……"蒂蒂打开她的《秘密笔记》。

我："嗯，是啊。"

蒂蒂："那时，学长教的内容相当有趣，不过有些地方有点难……
　　　　而我想多学一点和三角函数有关的内容。"

我："蒂蒂好认真，觉得很难反而'想多学一点'。"

蒂蒂："啊……因为不这么做，不懂的东西会变得越来越多。"

我："嗯，你学习三角函数还有什么问题呢？"

蒂蒂："啊——我买的参考书中讲解三角函数的部分，只有一大堆公式，让我觉得'这么多公式，我怎么可能记得起来'……"

我："是啊，三角函数有很多公式呢。"

蒂蒂："我常会觉得——我能熟记那么多公式吗？而且，说明这些公式的图也很复杂，让我不知如何是好。"

我："嗯，我懂。一次学会所有公式并不容易，一个一个慢慢练习会比较好哦。对了，你有没有对哪个公式比较感兴趣呢？"

蒂蒂："我想想……有的，三角函数的和角定理我不太明白。等我一下喔，我找找笔记……"

我："嗯，我可以为你讲解和角定理。"

蒂蒂："咦？"

5.2 和角定理

我："我可以马上告诉你和角定理的来由。sin 的和角定理是……"

三角函数的和角定理

$$\sin(\alpha + \beta) = \sin\alpha\cos\beta + \cos\alpha\sin\beta$$

蒂蒂："不愧是学长！为什么你能那么快写出来呢？"

我："写过很多次就会记下来哦。参考书中有许多教你记忆的口诀，我用'sin·cos、cos·sin'的方式记忆。"

蒂蒂："咦？"

我："先看等号右边，是 $\sin\alpha\cos\beta + \cos\alpha\sin\beta$ 吧？角度的排列顺序固定为 α、β，所以要记的只有三角函数的排列顺序，也就是 sin·cos 和 cos·sin。"

蒂蒂："这样啊……"

我："你可以自己想一个记忆口诀。"

蒂蒂："原来如此。"

我："但不能死背公式，要明白它的意思。"

蒂蒂："什么意思？"

我："如果不明白 $\sin(\alpha + \beta) = \sin\alpha\cos\beta + \cos\alpha\sin\beta$ 的意思，会不知道怎么利用这个公式，你也无法利用它解题。"

蒂蒂："原来如此，要理解和角公式的意思……"

我："嗯，不过，公式不只有一种解读方式，我们常会遇到'这个公式也能这样解读呀'的情况，公式有很多解读方式。不管是公式的意义或解读方式，改变公式的样子，就会发现新的意义或解读方式，相当有趣。"

蒂蒂："学长！我觉得你的想法很令人羡慕！我也想'发现'新的意义或解读方式！举例来说，这个公式该怎么解读呢？"

$$\sin(\alpha + \beta) = \sin\alpha\cos\beta + \cos\alpha\sin\beta$$

我："先看等号左边，$\alpha+\beta$ 是角度的和。"

$$\sin(\underbrace{\alpha+\beta}_{\text{和}}) = \cdots$$

蒂蒂："的确是这样……"

我："因为这个定理有关于和——加法的内容，所以叫作'和角定理'。来看看等号右边吧，等号右边完全没有 $\alpha+\beta$，而是 α 和 β 交替登场。"

$$\cdots = \sin\underbrace{\alpha} \cdot \cos\underbrace{\beta} + \cos\underbrace{\alpha} \cdot \sin\underbrace{\beta}$$

蒂蒂："真的……我仔细再看一遍才发现。"

蒂蒂全神贯注地听我讲解，一字一句都不放过，且适时回应。蒂蒂的态度让我想教她更多，这代表她'善于倾听'吗……嗯，蒂蒂应该是'善于受教'吧。

我："所以碰到'很难求出 $\sin\theta$'的状况，可以——

- 将 θ 表示为 α 和 β 的和—— $\theta=\alpha+\beta$

- 个别的 $\cos\alpha$，$\cos\beta$，$\sin\alpha$，$\sin\beta$ 便能轻易算出来

可以用和角定理来解答。"

蒂蒂："原来如此！这就是和角定理的解读啊！"

我："不过，这只是一种解读方式。"

蒂蒂："是的……但是会有这么刚好的状况吗？"

我："举例来说，如果看出 $2\theta = \theta + \theta$，即能明白倍角公式 $\sin 2\theta = 2\cos\theta\sin\theta$。此外，对 $\sin x$ 微分，在处理 $\sin(x+h)$ 的时候，也会用到和角公式。"

蒂蒂："原来是这样……"

　　　蒂蒂将这些记录在《秘密笔记》中。

我："你不知道和角公式是怎么来的吗?"

蒂蒂："嗯……虽然参考书有许多说明和角公式的图，但太复杂了，我试着去理解还是办不到。"

我："嗯，我画个简单的图形说明吧，我们一起做，你就能理解哦，也会明白为什么和角公式可导出——

$$\sin\alpha\cos\beta + \cos\alpha\sin\beta$$"

蒂蒂："真的吗?"

5.3　从单位圆开始

我："接着，我来说明和角公式 $\sin(\alpha + \beta) = \sin\alpha\cos\beta + \cos\alpha\sin\beta$ 为什么会成立吧。"

蒂蒂："好，拜托你了。"

我："啊，对了。用图来说明一般化的情形，角度大小会影响到图，所以我们先假设 α 和 β 大于 $0°$，而 $\alpha + \beta$ 小于 $90°$。"

蒂蒂："好。"

我："先来复习'半径为 1 的圆，即单位圆'，以及 sin 和 cos 的关系吧。"

蒂蒂："好……"

我："以单位圆的圆心为旋转中心，将单位圆上的点 (1,0)，沿圆周旋转 α 度。把这个过程画成下图。"

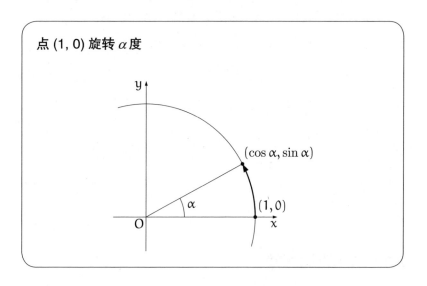

点 (1, 0) 旋转 α 度

蒂蒂："我知道，x 坐标是 $\cos\alpha$，y 坐标是 $\sin\alpha$。"

我："你可以把这个当作 cos 和 sin 的定义哦。接着，请蒂蒂旋转 β 给我看，好吗?"

蒂蒂："好! 角度是 β……是这样吗?"

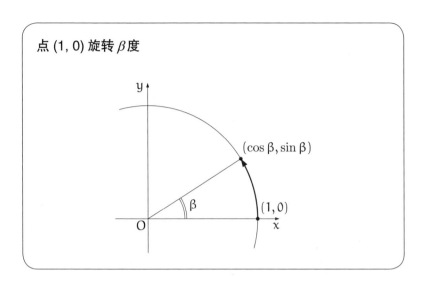

点 (1, 0) 旋转 β 度

我："抱歉，是我的指示不够明确。这张图中，蒂蒂把点 (1, 0) 转了 β 度吧？"

蒂蒂："对……有什么错误吗？"

我："没有，蒂蒂画的图很正确。不过，我想要的图是……"

蒂蒂："啊……把两个角度"加"起来？"

我："没错。使点 (1, 0) 旋转 α 度，得到点 $(\cos\alpha, \sin\alpha)$，接着再将这个点旋转 β 度，便会得到点 $(\cos(\alpha+\beta), \sin(\alpha+\beta))$。明白吗？"

$$(1,0) \xrightarrow{\ \alpha\ } (\cos\alpha, \sin\alpha) \xrightarrow{\ \beta\ } (\cos(\alpha+\beta), \sin(\alpha+\beta))$$

点 (cos α，sin α) 旋转 β 度

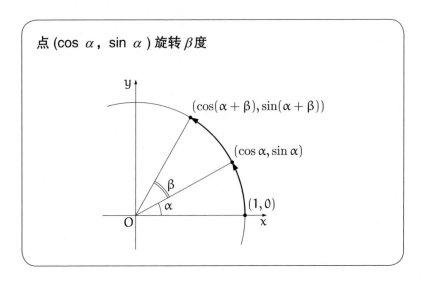

蒂蒂："我明白了。先转 α 度，再转 β 度，两个加起来，相当于旋转 α + β 度！"

我："嗯，没错。"

$$(1,0) \xrightarrow{\ \alpha+\beta\ } (\cos(\alpha+\beta), \sin(\alpha+\beta))$$

蒂蒂："接下来，该做什么呢？"

我："我们现在想求 $\sin(\alpha+\beta)$，而点 $(1,0)$ 旋转后的 y 坐标，正好是 $\sin(\alpha+\beta)$ 吧！"

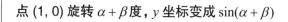

点 (1, 0) 旋转 $\alpha + \beta$ 度，y 坐标变成 $\sin(\alpha + \beta)$

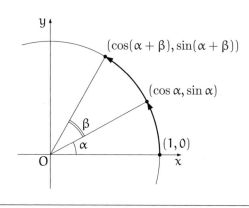

蒂蒂："真的呢，这就是和角公式的 $\alpha + \beta$！"

我："是啊，我们已找到 α 与 β 的和。"

蒂蒂："接下来呢？"

我："嗯，我们已经知道 $\sin(\alpha + \beta)$ 在哪里，所以接下来要找

$\sin\alpha\cos\beta + \cos\alpha\sin\beta$ 在哪里，想办法让两者之间的等号成立。"

已找出和角公式左边的 $\sin(\alpha + \beta)$，

和角公式右边的 $\sin\alpha\cos\beta + \cos\alpha\sin\beta$ 在哪里？

两者会相等吗？

蒂蒂："原来如此！把问题转换到'图形的世界'！"

我："没错！现在我们来寻找 $\sin(\alpha+\beta)$ 吧。"

蒂蒂："不过……即使转换到'图形的世界'，我也没办法凑出那么复杂的算式！"

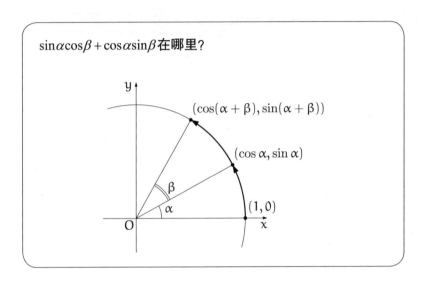

$\sin\alpha\cos\beta + \cos\alpha\sin\beta$ 在哪里？

5.4 波利亚的提问

我："蒂蒂啊，之前米尔迦有提到波利亚的《怎样解题》吧！"

蒂蒂："嗯？是啊。她提到过'善于提出问题的波利亚'。"

我："波利亚提出的问题，有一部分属于'若眼前的问题无法解决，应该提出的新问题'，其中有一个新问题是'能否解出问题的一部分'。"

波利亚的提问——能否解出问题的一部分?

蒂蒂:"解出问题的一部分? 可是要怎么解出 $\sin\alpha\cos\beta + \cos\alpha\sin\beta$ 的一部分呢?"

5.5　解出问题的一部分

我:"解出问题的一部分是指,不去解 $\sin\alpha\cos\beta + \cos\alpha\sin\beta$ 所有的项。举例来说,我们可以先找式子的最后一项—— $\sin\beta$,亦即式子的一部分。"

$$\sin\alpha\cos\beta + \cos\alpha\underbrace{\sin\beta}_{\uparrow}$$

蒂蒂:" $\sin\beta$ ……是指下图吗?"

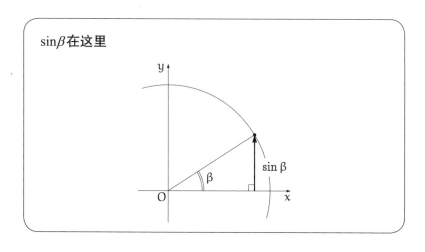

$\sin\beta$ 在这里

我："啊，虽然你的做法没有错，不过我是要在 $\sin(\alpha+\beta)$ 的图形中，找到 $\sin\beta$。以这张图为例， $\sin\beta$ 应该如下图所示，在倾斜的三角形里。"

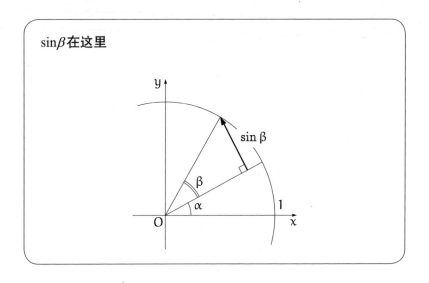

$\sin\beta$ 在这里

蒂蒂："学长……这不是和我的三角形一样吗？只是多旋转了 α 度。"

我："嗯？的确如此呢。"

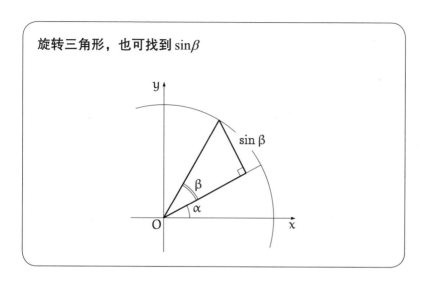

旋转三角形，也可找到 $\sin\beta$

我："总之，我们顺利找出等号右边的 $\sin\beta$ 了。"

蒂蒂："是的！找到了！"

$$\sin\alpha\cos\beta+\cos\alpha\underbrace{\sin\beta}_{\text{找到！}}$$

我："回过头检视'能否解出问题的一部分'，我们已经找出 $\sin\beta$，

而 $\cos\beta$——"

蒂蒂："我找到了！是这个吧！"

我："你可真快！"

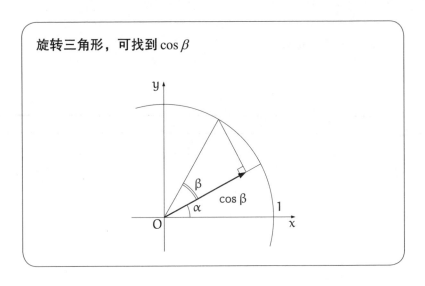

旋转三角形，可找到 $\cos\beta$

蒂蒂："因为这是我自己画的三角形啊！"

我："如此一来，我们顺利找到等号右边的 $\cos\beta$。"

$$\sin\alpha\underbrace{\cos\beta}_{\text{找到！}}+\cos\alpha\underbrace{\sin\beta}_{\text{找到！}}$$

蒂蒂："嗯！但是……"

我："但是？"

蒂蒂："还要乘以 $\sin\alpha$ 和 $\cos\alpha$ 吧？"

我："是啊，我们再仔细看一次图，研究研究该怎么办吧！"

　　我说完这句话，只见蒂蒂露出困惑的表情。

蒂蒂："不好意思，学长刚才说的内容，我大致都明白，不过，你
　　　用一大堆符号，设下许多复杂的步骤，要我'研究研究'

……到底要研究什么呢？对不起，我提出这么笨的问题……"

我："不会，没关系。在寻找答案的过程中，有时会不知道自己该怎么办，此时请你回想波利亚的提问。"

蒂蒂："波利亚的提问？"

我："例如，我们'想求什么'？"

波利亚的提问——想求什么？

蒂蒂："我们——我们想求的是 $\sin\alpha\cos\beta + \cos\alpha\sin\beta$。"

我："没错。若想求 $\sin\alpha\cos\beta + \cos\alpha\sin\beta$，只需要知道——$\sin\alpha\cos\beta$ 和 $\cos\alpha\sin\beta$。"

蒂蒂："没错，把它们加起来即可。"

我："那么，另一个波利亚的提问，问我们'已知哪些信息'？"

波利亚的提问——已知哪些信息？

蒂蒂："我想想……α 和 β 是已知的信息。"

我："而且，我们刚刚用这些信息得到了 $\cos\beta$ 和 $\sin\beta$，如下式。"

$$\sin\alpha \underbrace{\cos\beta}_{\text{已知}} + \cos\alpha \underbrace{\sin\beta}_{\text{已知}}$$

蒂蒂："没错，我们刚才找出来了。"

我："想想看，能不能通过我们已知的信息，组合出想求的答案？也就是说，要由'$\cos\beta$与$\sin\beta$'算出'$\sin\alpha\cos\beta$与$\cos\alpha\sin\beta$'。"

蒂蒂："啊！"

蒂蒂圆圆的眼睛突然为之一亮。

蒂蒂："从'已知的信息'组合出'想求的答案'……！"

我："没错。按照这个模式执行吧，蒂蒂。"

蒂蒂："好，我想想看！"

可以通过$\cos\beta$和$\sin\beta$，求出$\sin\alpha\cos\beta$和$\cos\alpha\sin\beta$吗？

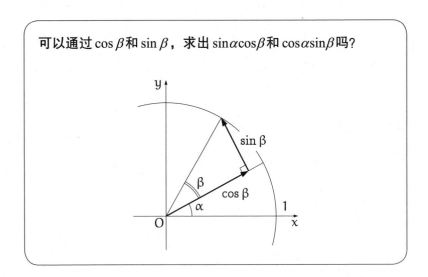

蒂蒂："我找到$\sin\alpha\cos\beta$了！仔细看下图的三角形AOH……在这个地方！"

找到 $\sin\alpha\cos\beta$！

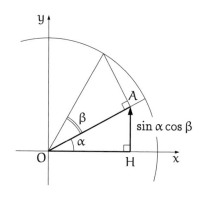

考虑直角三角形 AOH，由 $\sin\alpha$ 的定义可知：

$$\sin\alpha = \frac{HA}{OA}$$

可改写成：

$$HA = OA\sin\alpha$$

因此，可得以下结果：

$$HA = OA\sin\alpha$$

$$= \cos\beta\sin\alpha \quad \text{因为 } OA = \cos\beta$$

$$= \sin\alpha\cos\beta \quad \text{交换乘积的前后顺序}$$

我："厉害！我们顺利找出来了。"

$$\sin\alpha \underbrace{\cos\beta}_{\text{找到!}} + \cos\alpha \underbrace{\sin\beta}_{\text{找到!}}$$

蒂蒂："真的耶！"

我："现在只剩下——"

蒂蒂："只剩下 $\cos\alpha\sin\beta$ 吧！"

接着，蒂蒂耗费许多时间，努力地寻找。看她苦思冥想好一阵子的我，忍不住提示她。

我："蒂蒂，就在这里喔。"

蒂蒂："啊！学长！不要说出来啦！"

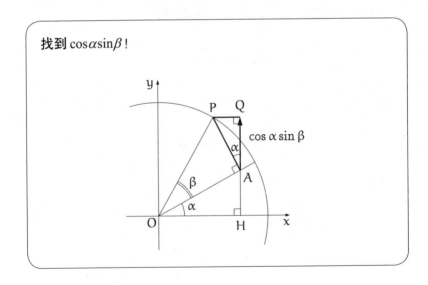

找到 $\cos\alpha\sin\beta$！

因为三角形的内角和为 180°，而直角三角形 AOH 的角 AOH 为 α，等于 180° 减去角 OAH，再减角 $AHO(=90°)$。

$$\alpha = 180° - 角OAH - 90°$$

此外，角 PAQ 的大小等于角 $HAQ(=180°)$ 减去角 OAH，再减角 $OAP(=90°)$。

$$角PAQ = 180° - 角OAH - 90°$$

由以上二式可得：

$$角PAQ = \alpha$$

考虑直角三角形 PAQ，由 $\cos \alpha$ 的定义可得：

$$\cos\alpha = \frac{AQ}{PA}$$

等于：

$$AQ = PA\cos\alpha$$

因此，可得：

$AQ = PA\cos\alpha$　　根据 $\cos \alpha$ 的定义

　　$= \sin\beta\cos\alpha$　　因为 $PA = \sin\beta$

　　$= \cos\alpha\sin\beta$　　交换乘积的顺序

我："抱歉。"

蒂蒂："对不起……我一时得意忘形，不小心大叫啦。不过，我顺
利求出每一项啦！"

$$\underbrace{\sin \alpha \cos \beta}_{} + \underbrace{\cos \alpha \sin \beta}_{}$$

我："是啊！而且由下图可知， $\sin(\alpha + \beta)$ 与 $\sin\alpha\cos\beta + \cos\alpha\sin\beta$
确实相等！"

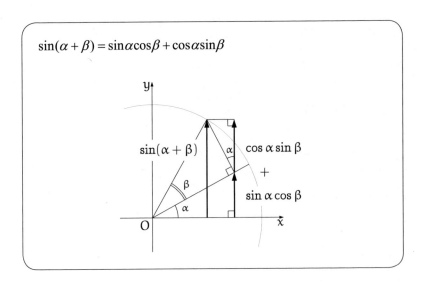

蒂蒂："真的耶！"

5.6　回顾解题过程

蒂蒂："学长……我发现一件事。"

我："什么？"

蒂蒂："我刚才说'参考书中的图很复杂'，根本只是抱怨嘛。"

我："没有那么糟糕啦。"

蒂蒂："我只会盯着参考书中的图，从来没有亲自动手画。而学
　　　长却一笔一划地将图画下来，我……深刻反省。"

我："是吗？"

蒂蒂："是的，既然我觉得参考书的图太复杂，就应该自己努力
　　　'画比较简单的图'才对呀……"

我："没错，不管是算式还是图形，自己动手写下来、画下来，是
　　　很重要的。"

蒂蒂："而且，我终于发现，自己的思考方式不正确。"

我："什么意思？"

蒂蒂："学长已仔细地教我'波利亚的提问'。"

波利亚的提问

- "能否解出问题的一部分"

- "想求什么"

- "已知哪些信息"

我："是啊，我碰到困难的问题，都会这样自问自答。"

蒂蒂："果然……我以前从来没有向自己提问。我想多尝试学长常
做的事，这就是——我现在'想追求的东西'！"

蒂蒂认真地看着我，双颊通红。

我："原来如此，不过我也要感谢你。蒂蒂是个善于倾听的人，所
以我才能顺利地讲解喔。"

蒂蒂："没有啦，我只是……"

我："接下来，我们来试看看另一个波利亚的提问吧！'结果是否
一目了然'？"

波利亚的提问——结果是否一目了然？

蒂蒂："一目了然？"

我："是啊，虽然我们已确认 $\sin(\alpha + \beta) = \cdots$ 这个式子是正确的，
但还要让人一眼看懂。"

蒂蒂："……"

我："看下图就能马上明白全部的过程哦。"

$1 \to \cos\beta \to \sin\alpha\cos\beta$ 的过程

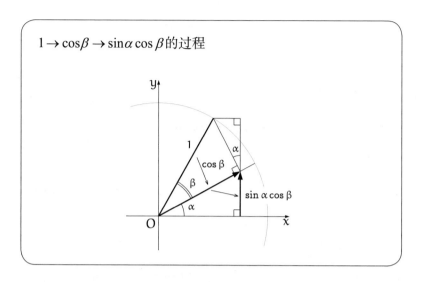

$1 \to \sin\beta \to \cos\alpha\sin\beta$ 的过程

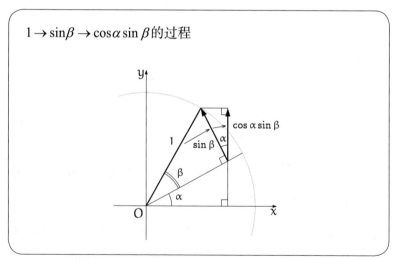

蒂蒂:"原来如此……我再画一次!"

我:"三角函数的和角定理看起来很复杂,不过自己画图,便不容易忘记。"

三角函数的和角定理

$$\sin(\alpha + \beta) = \sin\alpha\cos\beta + \cos\alpha\sin\beta$$

蒂蒂："了解！$\sin\alpha\cos\beta + \cos\alpha\sin\beta$ 就可以用‘$\sin\cdot\cos$、$\cos\cdot\sin$’的方式记吧？"

我："你这么快就背起来啦？"

蒂蒂："是啊！对了……刚才用图形说明的时候，我突然觉得，要解决这个问题，点的旋转很重要吧！"

蒂蒂圆圆的眼睛仿佛闪耀着光芒。

我："是啊，蒂蒂，因为三角函数的 cos 和 sin 可以用单位圆的点来定义。"

蒂蒂："是啊。之前提到‘三角函数’，我的脑海总会浮现‘三角形’的形状，虽然三角形也很重要，不过重点还是能不能联想到‘圆’吧？"

我："嗯，没错。你可以说‘三角函数是圆圆的函数’，因为三角函数是由角度 θ 所衍生的圆周上，某一点的 x 坐标 $(\cos\theta)$ 和 y 坐标 $(\sin\theta)$。"

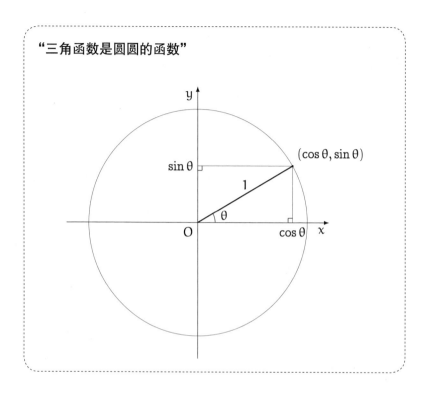

"三角函数是圆圆的函数"

蒂蒂："三角函数是圆圆的函数……原来如此!"

乖巧的蒂蒂拿出《秘密笔记》,立刻把这些重点记录下来。看来蒂蒂相当喜欢这些重点呢!

5.7 表示旋转的公式

我:"话说回来,上次我们讲到表示旋转的公式时,是不是被打断了?"

蒂蒂："是的，因为出现了相当复杂的算式。"

我："就是这个吧⋯⋯坐标平面上的点（a, b），以原点为中心旋转角度 θ，到达点（a', b'）⋯⋯"

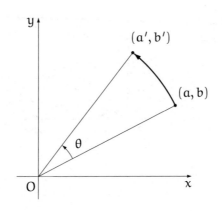

蒂蒂："嗯。"

我："若以坐标表示即为⋯⋯"

旋转公式（参考第 136 页）

- 设原点 $(0, 0)$ 为旋转中心

- 设旋转角度为 θ

- 设旋转前的点为 (a, b)

- 设旋转后的点为 (a', b')

最后所得的 a', b'，可用 a, b, θ 表示成以下式子：

$$\begin{cases} a' = a\cos\theta - b\sin\theta \\ b' = a\sin\theta + b\cos\theta \end{cases}$$

蒂蒂:"没错······学长, 为什么你能够马上写出这么复杂的'旋转
　　　公式'呢? 你是不是背下来了啊?"

我:"与其说是背下来, 不如说, 我想起之前米尔迦画的图, 才能
　　马上写出这个公式。"

蒂蒂:"图?"

我:"你看下图。在坐标平面上, 旋转以点 (a,b) 为一顶点的长方
　　形······"

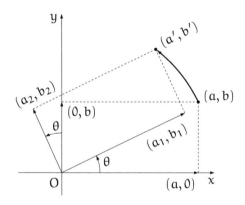

蒂蒂:"啊! 真的耶······就是用两个元素的和, 组合而成的图!"

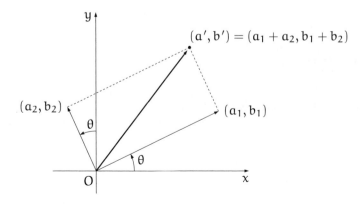

我："没错，只需要套入 $\cos\theta$ 和 $\sin\theta$，即可得到答案喔。"

$$
\begin{array}{cc}
a_1 & a_2 \\
\downarrow & \downarrow
\end{array}
$$
$$
\begin{cases}
a' = a\cos\theta - b\sin\theta \\
b' = a\sin\theta + b\cos\theta
\end{cases}
$$
$$
\begin{array}{cc}
\uparrow & \uparrow \\
b_1 & b_2
\end{array}
$$

蒂蒂："哇……我好像应该记得住这些东西，因为不久前才教过嘛……"

我："是啊。"

我突然想起，一开始蒂蒂还惊慌失措地说"我好像什么都不知道"。

蒂蒂："不过这个'旋转公式'有点复杂……"

我："的确有点复杂，蒂蒂。"

米尔迦："是很复杂哦，蒂蒂。"

我："哇!"

蒂蒂："米尔迦学姐!"

5.8 矩阵

米尔迦："接着来谈上次被打断的'旋转矩阵'吧。蒂蒂知道矩阵是什么吗?"

蒂蒂："虽然我有听过矩阵，但我完全不明白那是什么。"

我："我来说明矩阵吧。"

蒂蒂："拜托你了。"

我："我们要讨论的是，数学常用的矩阵。矩阵的基本原理很简单，你不用担心。把数字排列成下图的样子，用一个大括号框起来，就是矩阵。"

$$\begin{pmatrix} 1 & 2 \\ 3 & 4 \end{pmatrix}$$

蒂蒂："嗯。"

我："$\begin{pmatrix} 1 & 2 \\ 3 & 4 \end{pmatrix}$ 排列在矩阵内的数字，叫作矩阵的元素。"

蒂蒂："元素……吗?"

我："元素可以用符号来表示，也可用算式来表示。表示元素的一般式，常会用 a, b, c, d 等符号，写成……"

$$\begin{pmatrix} a & b \\ c & d \end{pmatrix}$$

蒂蒂："学长……不好意思。"

我："怎么了?"

蒂蒂："为什么这个东西叫作'矩阵'呢? '阵'让人想到队伍，是因为排成长方形，所以叫作矩阵吗?"

我："嗯……数学的矩阵是把数字排列成表，在同一横排的元素称作行，在同一竖排的元素则称作列。"

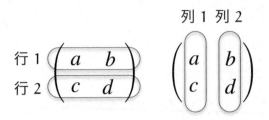

蒂蒂："列与行吗？这是有 2×2 个元素的矩阵……"

米尔迦："他现在说的是，两列两行的矩阵——也就是 2×2 的矩阵。

一般我们看到的矩阵，会有更多行与列。"

蒂蒂："我明白了。"

我："不同矩阵可以做加法和乘法，例如——"

米尔迦："等一下。"

米尔迦突然阻止我继续说明。

米尔迦："直接从旋转矩阵开始说明吧。"

我："咦？"

蒂蒂："怎么了？"

米尔迦："矩阵的基本原理很重要，但我们先来看比较有趣的东西吧。"

我："喔……"

蒂蒂："那个……我的水平学得会吗？"

米尔迦："当然，简化复杂的算式，会清爽很多。"

蒂蒂："好吧，拜托你了。"

我："……"

蒂蒂决定直接学习旋转矩阵。

米尔迦，别太勉强蒂蒂啊……

5.9　旋转公式

米尔迦：“蒂蒂觉得‘旋转公式’很复杂吗?”

$$\begin{cases} a' = a\cos\theta - b\sin\theta \\ b' = a\sin\theta + b\cos\theta \end{cases}$$

旋转公式

蒂蒂：“嗯……我觉得很复杂。”

米尔迦：“其实只要看穿‘乘积和’的形式，就能掌握它的结构。”

蒂蒂：“‘乘积和’?”

我：“‘乘、乘、加’吧!”

米尔迦：“没错，就是‘乘、乘、加’。你很会利用口诀记忆呢。”

我：“是啊。”

米尔迦：“‘旋转公式’有两个地方是‘乘、乘、加’。”

$$a' = a\cos\theta - b\sin\theta = \underbrace{\underbrace{a\times\cos\theta}_{相乘} + \underbrace{b\times(-\sin\theta)}_{相乘}}_{相加}$$

$$b' = a\sin\theta + b\cos\theta = \underbrace{\underbrace{a\times\sin\theta}_{相乘} + \underbrace{b\times\cos\theta}_{相乘}}_{相加}$$

蒂蒂："乘、乘、加。乘、乘、加。真的耶！"

米尔迦："把 $\boxed{}$ 的部分列出来，即是矩阵。"

$$\begin{pmatrix} \boxed{\cos\theta} & \boxed{-\sin\theta} \\ \boxed{\sin\theta} & \boxed{\cos\theta} \end{pmatrix}$$

矩阵

蒂蒂："什么？"

米尔迦："而下面 a 和 b 排成直行的部分……就是向量。"

$$\begin{pmatrix} a \\ b \end{pmatrix}$$

向量

蒂蒂："嗯？"

米尔迦："把这两个排在一起，称为矩阵与向量的积。"

$$\begin{pmatrix} \boxed{\cos\theta} & \boxed{-\sin\theta} \\ \boxed{\sin\theta} & \boxed{\cos\theta} \end{pmatrix}\begin{pmatrix} a \\ b \end{pmatrix}$$

矩阵与向量的积

蒂蒂："积……"

米尔迦："'矩阵与向量的积'是利用'乘、乘、加'所定义的，如下式。"

$$\begin{pmatrix} \boxed{\cos\theta} & \boxed{-\sin\theta} \\ \boxed{\sin\theta} & \boxed{\cos\theta} \end{pmatrix}\begin{pmatrix} a \\ b \end{pmatrix} = \begin{pmatrix} a\times\boxed{\cos\theta}+b\times\boxed{-\sin\theta} \\ a\times\boxed{\sin\theta}+b\times\boxed{\cos\theta} \end{pmatrix}$$

以 "矩阵与向量的积" 定义

蒂蒂："请等一下，你讲太快了，我要花一点时间思考是哪个和哪
个相乘……"

米尔迦："没问题。"

　　蒂蒂一边看算式，一边抄笔记，重复练习好几次同样的
算式。

蒂蒂："这个矩阵的计算……是要算这两个式子吗？"

$$\begin{pmatrix} \boxed{\cos\theta} & \boxed{-\sin\theta} \\ \cdot & \cdot \end{pmatrix}\begin{pmatrix} a \\ b \end{pmatrix} = \begin{pmatrix} a\times\boxed{\cos\theta}+b\times\boxed{-\sin\theta} \\ \cdot \end{pmatrix}$$

$$\begin{pmatrix} \cdot & \cdot \\ \boxed{\sin\theta} & \boxed{\cos\theta} \end{pmatrix}\begin{pmatrix} a \\ b \end{pmatrix} = \begin{pmatrix} \cdot \\ a\times\boxed{\sin\theta}+b\times\boxed{\cos\theta} \end{pmatrix}$$

米尔迦："没错，这个计算过程称为矩阵与向量的积。"

蒂蒂："矩阵与向量的积？"

米尔迦："亦即，'旋转公式'可以用'矩阵与向量的积'来表示。"

向量　　　矩阵　　　向量

$$\begin{pmatrix} a' \\ b' \end{pmatrix} = \begin{pmatrix} \cos\theta & -\sin\theta \\ \sin\theta & \cos\theta \end{pmatrix}\begin{pmatrix} a \\ b \end{pmatrix}$$

旋转后的点　　旋转矩阵　　旋转前的点

蒂蒂："积是指相乘吧？……米尔迦学姐，我不明白！"

米尔迦："哪里不明白？"

蒂蒂："不好意思……"

米尔迦："没有必要道歉，你哪里不明白呢？"

蒂蒂："嗯……我想想……我知道这个东西叫作矩阵，因为这是
'由数字排列成'的'队伍'，所以才会有这个名称吧？"

$$\begin{pmatrix} \cos\theta & -\sin\theta \\ \sin\theta & \cos\theta \end{pmatrix}$$

米尔迦："没错，所以呢？"

蒂蒂："我也知道这个东西叫作向量。是点坐标 (a, b) 的 a 与 b，
纵向排列……然后再取名为向量吧？"

$$\begin{pmatrix} a \\ b \end{pmatrix}$$

米尔迦："没错，纵向的向量又称为行向量。"

蒂蒂："目前为止教的，矩阵是什么、向量是什么，我都明白，矩
阵与向量只是约定俗成的'名称'……不过，这两个东西排
在一起的算式——

$$\begin{pmatrix} \cos\theta & -\sin\theta \\ \sin\theta & \cos\theta \end{pmatrix}\begin{pmatrix} a \\ b \end{pmatrix}$$

你把矩阵和向量排在一起的算式，摆在我的面前……告诉

我，这就是'矩阵和向量的积'，但我无法理解，为什么这是乘法！"

我："米尔迦啊，还是从矩阵的基本运算开始介绍比较好吧。"

米尔迦："不，蒂蒂一定可以理解，随便翻翻书本，矩阵的基本知识要多少有多少，但是蒂蒂现在想理解的东西，不是那种知识。蒂蒂现在会感到混乱，不是因为知识不足。"

蒂蒂："……"

米尔迦："蒂蒂，把你觉得混乱的地方再说一遍吧。"

米尔迦伸出手指，指向蒂蒂。

蒂蒂："好……米尔迦学姐说——旋转公式可以用'矩阵与向量的积'表示成下式。"

$$\begin{cases} a' = a\cos\theta - b\sin\theta \\ b' = a\sin\theta + b\cos\theta \end{cases}$$

旋转公式

$$\begin{pmatrix} a' \\ b' \end{pmatrix} = \begin{pmatrix} \cos\theta & -\sin\theta \\ \sin\theta & \cos\theta \end{pmatrix}\begin{pmatrix} a \\ b \end{pmatrix}$$

以"矩阵与向量的积"表示旋转公式

米尔迦："然后呢?"

蒂蒂："我听到学姐这么说，马上想问'为什么'。这大概是因为，我不知道'矩阵与向量的积'是从什么地方冒出来的，仿佛凭空蹦出一条算式。"

米尔迦："嗯。"

蒂蒂："积是相乘的结果，我的疑问在于，为什么这个算式代表矩阵和向量相乘呢？还有……为什么乘、乘、加的计算过程，是另一种相乘呢？而且……我没办法自己解决这些疑问。"

蒂蒂来回看着我和米尔迦，继续说。

蒂蒂："我没办法自己回答'为什么'，因为我不知道矩阵和向量为什么会有乘积！于是，我想大声说我不明白！我不明白！我不知道！数学果然很难！……最后产生了消极的想法。"

我："蒂蒂……"

蒂蒂："仔细想想，我常常陷入这种思考模式。上课的时候，如果碰到我完全不明白的东西，就很想提问……但又因为'不明白'而焦躁，不敢发问。这种情况常常发生。"

米尔迦："是吗？"

蒂蒂："是的，这种情况真的经常发生。我常常觉得'自己什么都不懂'，没有自信，因为我没办法回答自己脑中浮现的疑问！一旦陷入这个问题，连老师在讲什么都听不进去了。"

米尔迦："现在呢？"

蒂蒂："嗯？"

米尔迦："现在，你听得进去我说的话吗？"

蒂蒂："咦？啊……是的，没问题，听得进去。"

米尔迦："好。先把焦点转回这个公式。"

$$\begin{pmatrix} \boxed{\cos\theta} & \boxed{-\sin\theta} \\ \boxed{\sin\theta} & \boxed{\cos\theta} \end{pmatrix}\begin{pmatrix} a \\ b \end{pmatrix} = \begin{pmatrix} a\times\boxed{\cos\theta}+b\times\boxed{-\sin\theta} \\ a\times\boxed{\sin\theta}+b\times\boxed{\cos\theta} \end{pmatrix}$$

以"矩阵与向量的积"表示旋转公式

蒂蒂："好……抱歉，我讲了一堆有的没的。"

米尔迦："没必要道歉。这个算式是'矩阵与向量的积'的定义。正确来说，这不是一般的矩阵，而是'旋转矩阵与向量的积'，是种'定义'。这是规定，不需要解释它的意义，因此你不用感到焦躁。"

蒂蒂："好……但是……"

米尔迦："蒂蒂可以接受'矩阵'和'向量'是'约定俗成的名称'，应该也能用同样的方式，接受'矩阵与向量的积'，把它当作'约定俗成的演算方式'。"

蒂蒂："啊！"

米尔迦："蒂蒂似乎把不同元素的乘积演算方式（乘、乘、加），与矩阵与向量的乘积演算方式搞混了，你可能需要时间去适应。同样的字——积，在不同状况下，可能代表不同的意思。"

蒂蒂："同样的字，意思却不一样……这样没关系吗！"

米尔迦："没关系。计算元素所用的'积'，与计算矩阵向量所用的'积'，代表不同的演算方式。"

蒂蒂："我有点混乱……"

米尔迦："由此可知，定义是很重要的。当然，矩阵和向量的积不是随便定义的，是因为这个定义有优点，才会这么定义。"

蒂蒂："是谁定义的呢？"

米尔迦："谁？"

蒂蒂："是哪一位学者把矩阵和向量的积，定义成这样呢？"

米尔迦："凯莱。数学家凯莱为矩阵与向量的积，做了这样的定义，大约在 19 世纪吧……"

我："是凯莱·哈密顿吗？"

米尔迦："没错。"

蒂蒂："凯莱先生这么定义，有他的理由吧？"

米尔迦："没错。他的论文研究联立方程式，利用矩阵运算相当方便，因此他这么定义矩阵。"

蒂蒂："这个定义——表示矩阵和向量的乘积公式，'要背下来'吗？"

米尔迦："是啊，蒂蒂。所谓的定义，不是由算式导出来的，而且这个算式的形式常用于向量的计算，背下来比较好。"

蒂蒂："我明白了，目前为止我都能接受。"

我不知不觉被蒂蒂与米尔迦的对话所吸引，静静聆听。蒂蒂说她"不懂"，而米尔迦为她解答。看起来就像，向量乘积为她们牵线，让两人交换重要的宝物，不，应该是——分享重要的宝物。

蒂蒂：“不过，米尔迦学姐刚才提到的矩阵算式，对我来说还是有点复杂，不好意思……我还是不懂矩阵……”

米尔迦：“这样啊……我不应该一味强调矩阵很简单，而不说明。接下来，我从另一个角度说明吧，利用矩阵，从新的观点切入。”

蒂蒂：“嗯？新的观点是什么？”

米尔迦：“例如，利用矩阵明确表示‘旋转’。”

蒂蒂：“咦？”

5.10　新的观点

米尔迦：“‘旋转公式’的 $\cos\theta$ 和 $\sin\theta$ 混杂于各符号之间。”

$$\begin{cases} a' = a\cos\theta - b\sin\theta \\ b' = a\sin\theta + b\cos\theta \end{cases}$$

旋转公式

我：“是啊。”

米尔迦：“反之，‘以矩阵表示的旋转公式’，代表旋转的 $\cos\theta$ 和 $\sin\theta$，都在矩阵内，能轻易看出公式的意义。”

$$\begin{pmatrix} a' \\ b' \end{pmatrix} = \begin{pmatrix} \cos\theta & -\sin\theta \\ \sin\theta & \cos\theta \end{pmatrix} \begin{pmatrix} a \\ b \end{pmatrix}$$

以矩阵和向量的积所表示的旋转公式

蒂蒂："啊……的确是这样。"

米尔迦："'以矩阵表示的旋转公式'，将与旋转有关的项，都整理在旋转矩阵内。若将表示点坐标的向量，投入这个旋转矩阵求积，便能得到旋转后的点。就像将点投入旋转矩阵机器，生产出旋转后的点。"

$$\begin{pmatrix} a' \\ b' \end{pmatrix} \Longleftarrow \begin{pmatrix} \cos\theta & -\sin\theta \\ \sin\theta & \cos\theta \end{pmatrix} \Longleftarrow \begin{pmatrix} a \\ b \end{pmatrix}$$

将点投入旋转矩阵，生产出旋转后的点

蒂蒂："这个图好有趣。"

我："函数的说明常用到类似的图。"

米尔迦："利用旋转矩阵，就能将'旋转'明确表示成算式，此即'新的观点'。若使用其他矩阵，则会表示不同于旋转的'改变'。由此可知，矩阵是表示算式意义的好工具。"

蒂蒂："有点复杂耶……"

米尔迦："这个部分你自己慢慢思考吧。"

蒂蒂："我知道了……不过，'乘、乘、加'这个模式真是不可思议。"

米尔迦："我出个题吧。假设旋转中心是原点，旋转角度是 α，则点 $(1, 0)$ 旋转后会移动到哪里？"

蒂蒂："嗯……这个我会，是点 $(\cos\alpha, \sin\alpha)$，因为 x 坐标是 cos，

y 坐标是 sin。"

米尔迦:"很好，再来一题。假设旋转中心是原点，则旋转角度 β 的旋转矩阵，与点 $(\cos\alpha,\ \sin\alpha)$ 的积是多少?"

蒂蒂:"利用'矩阵与向量的积'定义……是这样吗?"

$$\begin{pmatrix} \cos\beta & -\sin\beta \\ \sin\beta & \cos\beta \end{pmatrix}\begin{pmatrix} \cos\alpha \\ \sin\alpha \end{pmatrix} = \begin{pmatrix} \cos\alpha\cos\beta - \sin\alpha\sin\beta \\ \cos\alpha\sin\beta + \sin\alpha\cos\beta \end{pmatrix}$$

米尔迦:"蒂蒂，旋转后，点的 y 坐标是什么呢?"

蒂蒂:"嗯，是这个……有点复杂。"

$$\cos\alpha\sin\beta + \sin\alpha\cos\beta$$

米尔迦:"只有这样吗?"

蒂蒂:"咦?"

米尔迦:"交换前后顺序。"

$$\sin\alpha\cos\beta + \cos\alpha\sin\beta$$

蒂蒂:"是'sin·cos、cos·sin'！和角公式?"

米尔迦:"没错，和角公式藏着'乘积的和'。"

$$\sin(\alpha+\beta) = \underbrace{\sin\alpha\cos\beta}_{相乘} + \underbrace{\cos\alpha\sin\beta}_{相乘}$$
$$\underbrace{\qquad\qquad\qquad\qquad}_{相加}$$

我:"这么说也对，'乘、乘、加'……"

米尔迦："所以，我们可以把 cos 的和角公式，以及 sin 的和角公式整理成……"

---

cos 的和角公式与 sin 的和角公式

$$\begin{cases} \cos(\alpha+\beta) = \cos\alpha\cos\beta - \sin\alpha\sin\beta \\ \sin(\alpha+\beta) = \sin\alpha\cos\beta + \cos\alpha\sin\beta \end{cases}$$

$$\begin{pmatrix} \cos(\alpha+\beta) \\ \sin(\alpha+\beta) \end{pmatrix} = \begin{pmatrix} \cos\beta & -\sin\beta \\ \sin\beta & \cos\beta \end{pmatrix} \begin{pmatrix} \cos\alpha \\ \sin\alpha \end{pmatrix}$$

蒂蒂："咦？这又是为什么呢？"

瑞谷老师："放学时间到。"

瑞谷老师的一句话，使我们的数学知识对话告一段落。

从现在开始，是我们各自思考的时间。

"看见表面的形状，即代表'看见结果'吗？"

第 5 章的问题

●问题 5-1（和角公式）

设 $\alpha = 30°$，$\beta = 60°$，请计算以下和角公式的各项数值，验证等号是否成立。

$$\sin(\alpha + \beta) = \sin\alpha\cos\beta + \cos\alpha\sin\beta$$

（答案在第 269 页）

●问题 5-2（和角公式）

请求 $\sin 75°$ 的值。

（答案在第 271 页）

●问题 5-3（和角公式）

请用 $\sin\theta$ 和 $\cos\theta$ 来表示 $\sin 4\theta$。

（答案在第 272 页）

尾声

　　某日，某时，于数学数据室。

少女: "哇，这里有好多东西!"

老师: "是啊。"

少女: "老师，这是什么?"

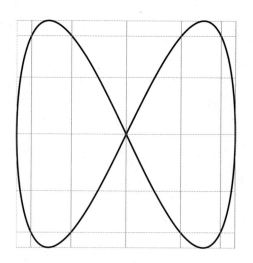

老师: "你觉得看起来像什么呢?"

少女: "利萨如图形?"

老师: "对，有人说这看来像某个东西的侧面图。"

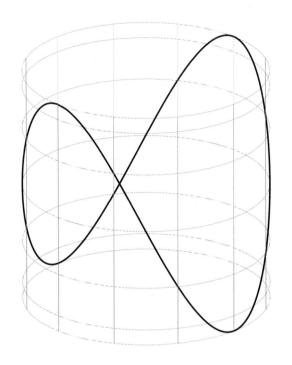

少女: "某个东西? 是缠绕圆柱的线吗?"

老师: "是啊,看起来像把 sin 函数,缠绕在圆柱上,亦像一个扭曲的圆。"

少女: "老师,这是什么? 是圆吗?"

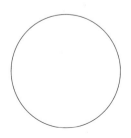

老师: "其实这不是圆。"

少女: "但是看起来很像圆。"

老师: "这其实是正九十六边形。"

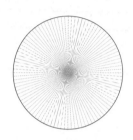

少女: "正九十六边形! 接近于圆呢!"

老师: "阿基米德所求的圆周率近似值, 就是 3.14。"

少女: "用这个图算的吗?"

老师: "没错。"

少女: "老师, 这是什么呢?"

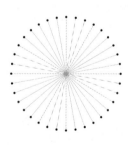

老师: "你觉得它看起来像什么?"

少女: "正三十六边形……"

老师： "如果用线段把相邻的点连接起来，就是正三十六边形呢。"

少女： "是啊。"

老师： "假设这些点是 (x, y)，而且 $r=1$，$\theta=10°$，$n=0, 1, 2, \cdots, 35$，可以写出以下式子。"

$$\begin{cases} x = r\cos(n\theta) \\ y = r\sin(n\theta) \end{cases}$$

少女： "因为只有三十六个点，所以只有 $0, 1, 2, \cdots, 35$ 吗？"

老师： "对，其实 n 可以是任意整数，即使代入无数个点，也会有许多点重叠，毫不重叠的点只有三十六个。"

少女： "嗯。"

老师： "你可以这么想——利用旋转矩阵，以原点为中心，旋转点 $(1, 0)$，旋转矩阵乘以 n 次方，能得到同样的图形。"

$$\begin{pmatrix} x \\ y \end{pmatrix} = r^n \begin{pmatrix} \cos\theta & -\sin\theta \\ \sin\theta & \cos\theta \end{pmatrix}^n \begin{pmatrix} 1 \\ 0 \end{pmatrix}$$

少女： "老师，等号右边算式的 r^n 是什么？"

老师： "加上 r^n 是为了让函数能飞向遥远的彼端。"

少女： "遥远？"

老师： "如果 $r=1$，函数会绕着圆打转，如果 $r>1$，则会变成……"

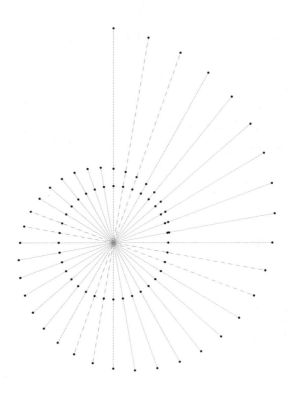

少女："喔！是螺旋！"

老师："是啊，如果 $n \to \infty$，便能到达无限遥远的彼端，使螺旋永无止境地转下去。"

少女："无限遥远的彼端？在纸上画不出那么远的点啦！"

老师："所以需要数学式啊，不用真的在纸上画出来，而是画在心中。"

少女："老师好像很喜欢数学式呢。"

少女一边说，一边笑了出来。

解 答

ANSWERS

第 1 章的解答

●问题 1-1（求 sin θ）

请求 sin 45° 的值。

■解答 1-1

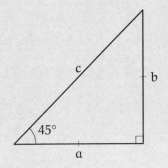

如上图，假设某直角三角形的一个角为 45°，并计算 $\frac{b}{c}$。由于三角形的内角和为 180°，所以另一个角应为 180°−90°−45°=45°。两个底角相等，所以可知，直角三角形为 $a=b$ 的等腰三角形（等腰直角三角形）。由勾股定理可知，此三角形的三边有以下关系：

$$a^2 + b^2 = c^2$$

由于 $a=b$，所以：

$$b^2 + b^2 = c^2$$

以下等式成立：

$$2b^2 = c^2$$

由于 $b > 0$，$c > 0$，所以将等号两边皆除以 $2c^2$，开平方，可得下式：

$$\frac{b}{c} = \frac{1}{\sqrt{2}}$$

将等号右边的分母与分子同乘 $\sqrt{2}$，可得下式：

$$\frac{b}{c} = \frac{\sqrt{2}}{2}$$

于是，成功求出 $\sin 45° = \dfrac{\sqrt{2}}{2}$。

答：$\sin 45° = \dfrac{\sqrt{2}}{2}$。

注意：$\sin 45° = \dfrac{1}{\sqrt{2}}$ 也是正确答案。但若是要利用 $\sqrt{2} = 1.41421356\cdots$ 亲手算出答案，计算 $\dfrac{\sqrt{2}}{2}$ 会比计算 $\dfrac{1}{\sqrt{2}}$ 简单。将 $\dfrac{1}{\sqrt{2}}$ 转换成 $\dfrac{\sqrt{2}}{2}$ 的步骤，称作"分母有理化"。

● **问题 1-2（由 $\sin\theta$ 求 θ）**

假设 $0° \leqslant \theta \leqslant 360°$，且 $\sin\theta = \dfrac{1}{2}$，请求 θ 值。

■解答 1-2

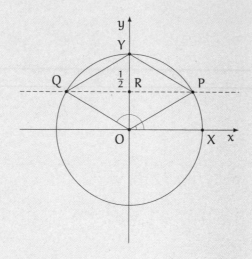

如上图，设点 $(1, 0)$ 为点 X，点 $(0, 1)$ 为点 Y。假设以原点为中心的单位圆与直线 $y = \frac{1}{2}$ 相交于 P、Q 两点。此时，角 XOP 与角 XOQ 即为所求的角度 (设角 $XOP <$ 角 XOQ)。

设点 $(0, \frac{1}{2})$ 为点 R，则三角形 PRY 与三角形 PRO 为全等三角形，因为共享边 PR，且 $RY = RO = \frac{1}{2}$，角 $PRY =$ 角 $PRO =$ 直角。

由于三角形 PRY 与三角形 PRO 为全等三角形，所以 $YP = OP$ 的等式成立。另一方面，因为 OP 与 OY 都是单位圆的半径，所以 $OP = OY$ 的等式成立，即 $YP = OP = OY$。也就是说，三角形 POY 为正三角形。

因为三角形 POY 为正三角形，所以角 POY 为 60°，角 XOP 为 90°−60°=30°。

同样，三角形 YOQ 亦为正三角形，所以角 XOQ 为 90°+60°=150°。

因此，所求的角 θ 为 30° 或 150°。

答: θ 为 30° 或 150°。

●**问题 1−3（求 $\cos\theta$）**

请求 $\cos 0°$ 的值。

■**解答 1−3**

设以原点为中心的单位圆上，有一动点 P，当点 P 位于点 $(1, 0)$，点 P 的 x 坐标为 $\cos 0°$。因此，$\cos 0°=1$。

答: $\cos 0°=1$。

●**问题 1−4（由 $\cos\theta$ 求 θ）**

假设 $0°\leqslant\theta\leqslant 360°$，且 $\cos\theta=\dfrac{1}{2}$，请求 θ 值。

■解答 1-4

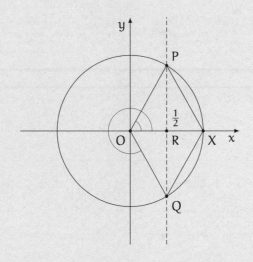

如上图，设点 $(1, 0)$ 为点 X，假设以原点为中心的单位圆与直线 $x = \frac{1}{2}$ 相交于 P, Q 两点。此时，角 XOP 与角 XOQ 为所求的角度 (设角 $XOP <$ 角 XOQ)。

设点 $(\frac{1}{2}, 0)$ 为点 R，则三角形 PRX 与三角形 PRO 为全等三角形，因为共享边 PR，且 $RX = RO = \frac{1}{2}$，角 $PRX =$ 角 $PRO = 90°$。

由于三角形 PRX 与三角形 PRO 为全等三角形，所以 $XP = OP$ 的等式成立。另一方面，因为 OP 与 OX 都是单位圆的半径，所以 $OP = OX$ 的等式成立，即 $XP = OP = OX$。也就是说，三角形 POX 为正三角形。

因为三角形 POX 为正三角形，所以角 XOP 为 $60°$。

同样，三角形 XOQ 亦为正三角形，所以角 XOQ 为 $360° - 60° = 300°$。

因此，所求的角 θ 为 $60°$ 或 $300°$。

答：θ 为 $60°$ 或 $300°$。

● 问题 1-5（$x = \cos\theta$ 的图形）

假设 $0° \leqslant \theta \leqslant 360°$，请画 $x = \cos\theta$ 的图形，横轴请设为 θ，纵轴请设为 x。

■ 解答 1-5

$x = \cos\theta$ 的图形如下图所示。

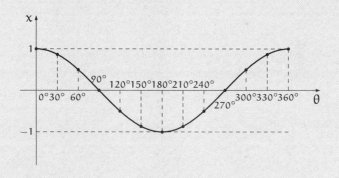

$x = \cos\theta$ 的图形

参考：请和下面的 $y = \sin\theta$ 图形比较。

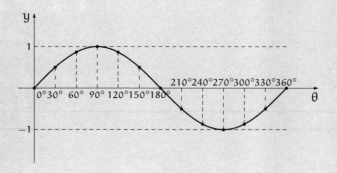

$y = \sin\theta$ 的图形

　　$x = \cos\theta$ 的图形、$y = \sin\theta$ 的图形，以及单位圆，三者的关系如下页图所示。请将单位圆上的点 x 坐标看作 $\cos\theta$，而 y 坐标则看作 $\sin\theta$。

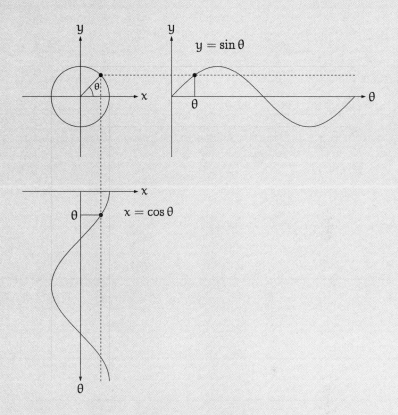

$x = \cos\theta$ 与 $y = \sin\theta$ 的图形

第 2 章的解答

●问题 2-1（cos 和 sin）

请判断 $\cos\theta$ 和 $\sin\theta$ 是大于 0 还是小于 0。

- 若大于 0（正数），则填入 "+"

- 若等于 0，则填入 "0"

- 若小于 0（负数），则填入 "–"

将答案填入以下空格。

θ	0°	30°	60°	90°	120°	150°
$\cos\theta$	+					
$\sin\theta$	0					

θ	180°	210°	240°	270°	300°	330°
$\cos\theta$	–					
$\sin\theta$	0					

■解答 2-1(cos 和 sin)

如下表。

θ	0°	30°	60°	90°	120°	150°
$\cos\ \theta$	+	+	+	0		
$\sin\ \theta$	0	+	+	+	+	+

θ	180°	210°	240°	270°	300°	330°
$\cos\theta$				0	+	+
$\sin\theta$	0					

想象有一个动点，在单位圆的圆周上移动：

- 判断动点的 x 坐标（$\cos\theta$）在 y 轴的左边或右边
- 判断动点的 y 坐标（$\sin\theta$）在 x 轴的左边或右边

这样想，较简单吧！

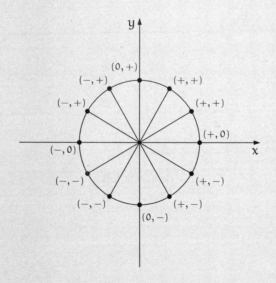

或者，画出 $x=\cos\theta$ 与 $y=\sin\theta$ 的图形，看看每个角度分别位于 θ 轴的哪一侧，如下页图所示。

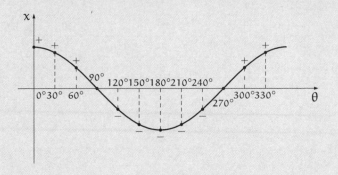

$x = \cos\theta$的图形

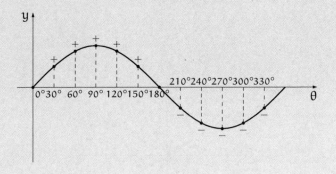

$y = \sin\theta$的图形

●问题 2-2（利萨如图形）

假设 $0° \leqslant \theta \leqslant 360°$，则下列点 (x, y) 的轨迹是什么图形？

(1) 点 $(x, y) = (\cos(\theta + 30°),\ \sin(\theta + 30°))$

(2) 点 $(x, y) = (\cos\theta,\ \sin(\theta - 30°))$

(3) 点 $(x, y) = (\cos(\theta + 30°),\ \sin\theta)$

请利用第 95 页的利萨如图形用纸，实际画在纸上。

▇解答 2-2（利萨如图形）

（1）点可以画成以下图形。这个图形与点 $(x, y) = (\cos\theta, \sin\theta)$ 的图形完全一样。

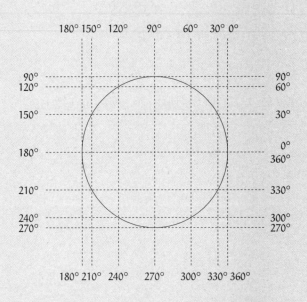

（1）点 $(x, y) = (\cos(\theta + 30°), \sin(\theta + 30°))$ 的图形

（2）点可画成以下图形。

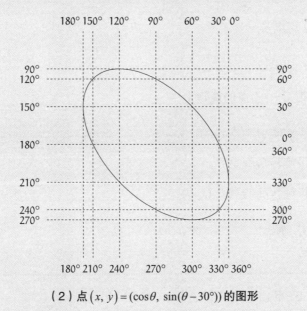

（2）点 $(x, y) = (\cos\theta,\ \sin(\theta - 30°))$ 的图形

（3）点可画成以下图形，这个图形与（2）的图形完全一样。

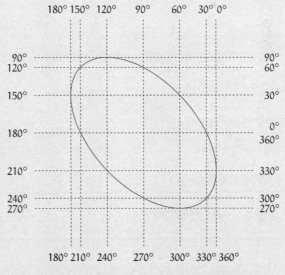

（3）点 $(x, y) = (\cos(\theta + 30°),\ \sin\theta)$ 的图形

第 3 章的解答

●问题 3-1（点的旋转）

- 假设旋转中心是 $(0, 0)$
- 假设旋转角度是 θ
- 假设旋转前的点是 $(1, 0)$

在这些前提下，请求旋转后的点 (x, y)。

■解答 3-1

依照蒂蒂问题 1 解答（参考第 129 页）的步骤，即能得到答案。

答：$(x, y) = (\cos\theta, \sin\theta)$。

●问题 3-2（点的旋转）

- 假设旋转中心是 $(0, 0)$
- 假设旋转角度是 θ
- 假设旋转前的点是 $(0, 1)$

在这些前提下，请求旋转后的点 (x, y)。

■解答 3-2

依照蒂蒂问题 2 解答（参考第 133 页）的步骤，即能得到答案。

答：$(x, y) = (-\sin\theta, \cos\theta)$。

● 问题 3-3（点的旋转）

- 假设旋转中心是 $(0, 0)$
- 假设旋转角度是 θ
- 假设旋转前的点是 $(1, 1)$

在这些前提下，请求旋转后的点 (x, y)。

■解答 3-3

将问题 3-1 与问题 3-2 的结果加总，即可得到答案。

$$(x, y) = (\cos\theta, \sin\theta) + (-\sin\theta, \cos\theta)$$
$$= (\cos\theta - \sin\theta, \sin\theta + \cos\theta)$$

答：$(x, y) = (\cos\theta - \sin\theta, \sin\theta + \cos\theta)$。

●问题 3-4（点的旋转）

- 假设旋转中心是 $(0, 0)$

- 假设旋转角度是 θ

- 假设旋转前的点是 (a, b)

在这些前提下，请求旋转后的点 (x, y)。

■解答 3-4

此题解答与"我们的问题"（第 137 页）相同。

$$\text{答：} (x, y) = (a\cos\theta - b\sin\theta, \ a\sin\theta + b\cos\theta)。$$

第 4 章的解答

●问题 4-1（测量圆周率）

怎么用卷尺测量圆周率的近似值呢？首先，找一个圆形物体，用卷尺量周长。接着，用卷尺量直径。假设圆的周长是 l，直径是 a，则该如何求圆周率的近似值呢？

■解答 4-1

$$直径 \times 圆周率 = 圆周长$$

因此，若我们量出圆的周长 l 与直径 a，即可用以下公式求圆周率的近似值。

$$\frac{l}{a}$$

答：$\frac{l}{a}$。

● 问题 4-2（"称称"看圆周率）

怎么用厨房电子秤（用来调整食材用量的秤）算圆周率的近似值呢？首先，在方格纸上画出半径为 a 的圆，剪下来，并称重量。再来，在同样的方格纸上，画边长为 a 的正方形，把它剪下来，并称重量。假设圆的重量是 x 克，正方形的重量是 y 克，则该如何求圆周率的近似值呢？

■ 解答 4-2

图形的重量会与面积成正比，解题需利用这一点。由于：

$$\frac{\text{圆面积}}{\text{正方形面积}} = \frac{\pi a^2}{a^2} = \pi$$

所以将圆的重量除以正方形的重量，即可得到圆周率的近似值。

$$\frac{x}{y}$$

答：$\dfrac{x}{y}$。

第 5 章的解答

●问题 5-1（和角公式）

设 $\alpha = 30°$，$\beta = 60°$，请计算以下和角公式的各项数值，验证等号是否成立。

$$\sin(\alpha + \beta) = \sin\alpha\cos\beta + \cos\alpha\sin\beta$$

■解答 5-1

几个 sin 与 cos 的实际数值，如下所示：

$$\sin(30° + 60°) = \sin90°$$
$$= 1$$
$$\sin30° = \frac{1}{2} \qquad \text{参考第 45 页}$$
$$\sin60° = \frac{\sqrt{3}}{2} \qquad \text{参考第 45 页}$$
$$\cos30° = \frac{\sqrt{3}}{2} \qquad \text{参考第 45 页}$$
$$\cos60° = \frac{1}{2} \qquad \text{参考第 45 页}$$

和角公式的等号两边，可分别计算，得到下页的结果。

$$左边 = \sin(\alpha + \beta)$$

$$= \sin(30° + 60°) \qquad \text{因为 } \alpha = 30°，\beta = 60°$$

$$= \sin 90° \qquad \text{计算得知}$$

$$= 1$$

$$右边 = \sin\alpha\cos\beta + \cos\alpha\sin\beta$$

$$= \sin 30°\cos 60° + \cos 30°\sin 60° \qquad 因为 \ \alpha = 30°, \ \beta = 60°$$

$$= \frac{1}{2} \cdot \frac{1}{2} + \frac{\sqrt{3}}{2} \cdot \frac{\sqrt{3}}{2}$$

$$= \frac{1}{4} + \frac{3}{4}$$

$$= 1$$

由于等号左边和右边都等于 1，所以下列公式会成立。

$$\sin(\alpha + \beta) = \sin\alpha\cos\beta + \cos\alpha\sin\beta$$

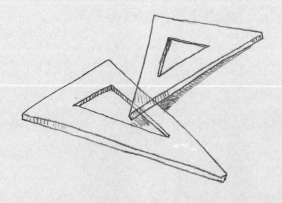

●问题 5-2（和角公式）

请求出 sin 75° 的数值。

■解答 5-2

因为 75°=45°+30°，所以我们可利用和角公式计算答案。计

算需用到以下数值：

$$\sin45°=\frac{\sqrt{2}}{2} \qquad \text{参考第 45 页}$$

$$\sin30°=\frac{1}{2} \qquad \text{参考第 45 页}$$

$$\cos45°=\frac{\sqrt{2}}{2} \qquad \text{参考第 45 页}$$

$$\cos30°=\frac{\sqrt{3}}{2} \qquad \text{参考第 45 页}$$

$$\sin75°=\sin(45°+30°)$$

$$=\sin45°\cos30°+\cos45°\sin30°$$

$$=\frac{\sqrt{2}}{2}\cdot\frac{\sqrt{3}}{2}+\frac{\sqrt{2}}{2}\cdot\frac{1}{2}$$

$$=\frac{\sqrt{2}\sqrt{3}}{4}+\frac{\sqrt{2}}{4}$$

$$=\frac{\sqrt{6}+\sqrt{2}}{4}$$

答：$\sin75°=\dfrac{\sqrt{6}+\sqrt{2}}{4}$。

● 问题 5-3（和角公式）

请用 $\sin\theta$ 和 $\cos\theta$ 来表示 $\sin4\theta$。

■ 解答 5-3

这题需用三角函数的和角公式（第 242 页）。先将 $\sin2\theta$ 与 $\cos2\theta$，分别以 $\cos\theta$ 和 $\sin\theta$ 来表示，接着，再进一步表示 $\sin4\theta$。

$$\sin2\theta = \sin\theta\cos\theta + \cos\theta\sin\theta \quad \text{利用和角公式，假设 } \alpha=\theta\text{，}\beta=\theta$$
$$= \sin\theta\cos\theta + \sin\theta\cos\theta \quad \text{改变乘积的顺序}$$
$$= 2\sin\theta\cos\theta$$

$$\cos2\theta = \cos\theta\cos\theta - \sin\theta\sin\theta \quad \text{利用和角公式，假设 } \alpha=\theta\text{，}\beta=\theta$$
$$= \cos^2\theta - \sin^2\theta$$

至此，我们即可求得倍角公式：

$$\begin{cases} \sin2\theta = 2\sin\theta\cos\theta \\ \cos2\theta = \cos^2\theta - \sin^2\theta \end{cases}$$

接着求 $\sin4\theta$。

$$\sin4\theta = 2\sin2\theta\cos2\theta \qquad \text{因为 } 4=2\times2,$$
$$\text{所以可用倍角公式}$$
$$= 2(2\sin\theta\cos\theta)(\cos^2\theta - \sin^2\theta) \quad \text{再用一次倍角公式}$$

$$= 4\sin\theta\cos\theta(\cos^2\theta - \sin^2\theta) \qquad \text{展开第一个括号}$$

答：$\sin 4\theta = 4\sin\theta\cos\theta(\cos^2\theta - \sin^2\theta)$。

亦可展开为：$\sin 4\theta = 4\sin\theta\cos^3\theta - 4\cos\theta\sin^3\theta$

补充：此外，利用等式 $\cos^2\theta + \sin^2\theta = 1$，可将 cos 的倍角公式写

成以下多种形式。

---

cos 的倍角公式

$$\cos 2\theta = \begin{cases} \cos^2\theta - \sin^2\theta \\ 1 - 2\sin^2\theta \\ 2\cos^2\theta - 1 \end{cases}$$

由这个公式可知，$\sin 4\theta$ 可写成下页多种形式，每一种形式

皆正确。

$$\sin 4\theta = \begin{cases} 4\sin\theta\cos\theta(\cos^2\theta - \sin^2\theta) = 4\sin\theta\cos^3\theta - 4\cos\theta\sin^3\theta \\ 4\sin\theta\cos\theta(1 - 2\sin^2\theta) = 4\sin\theta\cos\theta - 8\cos\theta\sin^3\theta \\ 4\sin\theta\cos\theta(2\cos^2\theta - 1) = 8\sin\theta\cos^3\theta - 4\cos\theta\sin\theta \end{cases}$$

献给想深入思考的你

　　除了本书的数学对话，我给想深入思考的你准备了研究问题。本书不会给出答案，而且答案可能不止一个。

　　请试着自己解题，或者找其他对这些问题感兴趣的人一起思考吧。

第 1 章　圆圆的三角形

●研究问题 1-X1（求 $\cos^2\theta + \sin^2\theta$ ）

数学中常把 $(\cos\theta)^2$ 写成 $\cos^2\theta$，$(\sin\theta)^2$ 写成 $\sin^2\theta$。请求以下小题的值。

(a) $\cos^2 0° + \sin^2 0°$

(b) $\cos^2 30° + \sin^2 30°$

(c) $\cos^2 45° + \sin^2 45°$

(d) $\cos^2 60° + \sin^2 60°$

(e) $\cos^2 90° + \sin^2 90°$

接着，请通过 $\cos\theta$ 与 $\sin\theta$ 的定义，证明以下等式成立。

$$\cos^2\theta + \sin^2\theta = 1$$

●研究问题 1-X2（负的角度）

我们来看看若 θ 为负，亦即 $\theta < 0°$，$\sin\theta$ 和 $\cos\theta$ 会是多少。举例来说，$\sin(-30°)$ 或 $\cos(-90°)$ 的值，应该怎么算呢？

●研究问题 1−X3（特别大的角度）

我们来看看若 θ 大于 360°，亦即 $\theta > 360°$，$\sin\theta$ 和 $\cos\theta$ 会是多少！举例来说，$\sin 390°$ 或 $\cos 450°$ 的值如何算呢？

●研究问题 1−X4（cos 与 sin）

假设 $0° \leq \theta \leq 360°$，请求可让以下等式成立的所有 θ 值。

$$\cos\theta = \sin\theta$$

若删去 θ 值的限制，答案会是什么呢？

第 2 章　来来回回的轨迹

●研究问题 2-X1（cos 与 sin）

若 α 与 β 为 0°, 30°, 60°, $\cdots$ 330°, 360° 中的任一角度，请求可使以下等式成立的所有 (α, β)。

$$\cos\alpha = \sin\beta$$

利用利萨如图形用纸（第 94 页）做做看吧。

●研究问题 2-X2（翻转利萨如图形）

请参考"点 $(x, y) = (\cos\theta, \sin(2\theta + \alpha))$ 所画的图形"（第 91 页），以及"点 $(x, y) = (\cos 2\theta, \sin(3\theta + \alpha))$ 所画的图形"（第 92 页），寻找有哪些图形上下翻转，会与另一个图形完全重合。翻转会重合的图形，两者的 α 值有什么关系？而左右翻转会重合的图形，又是如何呢？

●研究问题 2-X3（利萨如图形与反弹次数）

请参考"点 $(x, y) = (\cos\theta, \sin(2\theta + \alpha))$ 所画的图形"（第 91 页），以及"点 $(x, y) = (\cos2\theta, \sin(3\theta + \alpha))$ 所画的图形"（第 92 页），算算看利萨如图形上下、左右各反弹了几次？反弹次数有没有规律可循？

第 3 章　绕世界一圈

●研究问题 3-X1（实际角度）

第 3 章的例子，一直以 θ 为旋转角度。假设 $\theta = 0°, 30°, 45°,$ $60°, 90°$ 等实际的角度，请求旋转后的点位置。

●研究问题 3-X2（移动点）

第 3 章的例子，思考的问题皆为"旋转点 (a, b) 会变得如何?"，但是除了旋转，还有哪些移动点的方式呢？这些方式可以用算式来表现吗？请研究看看。

●研究问题 3-X3（画圆）

假设 r 是一个大于 0 的实数，原点 $(0, 0)$ 为旋转中心，则若旋转角度为 θ，x 轴上的点 $(r, 0)$ 会怎么移动？此外，请导出以原点为中心，以 r 为半径的圆方程式：

$$x^2 + y^2 = r^2$$

●研究问题 3-X3（提问）

"我"向蒂蒂"提问"：

- "想求什么"

- "已知哪些信息"

听起来都是显而易见的问题，但是，为什么这些显而易见的提问，可以有效指出问题所在呢？请思考看看。

第4章　计算圆周率

●研究问题4−X1（计算圆周率）

在第4章（第162页），"我"和由梨从半径为50的圆，估算出：

$$3.0544 < \pi < 3.1952$$

你也用半径为50的圆，求求看圆周率的近似值吧！而圆的半径越大，所得的圆周率就会越接近3.14⋯⋯吗？

●研究问题 4-X2（近似于圆的图形）

我们计算近似于圆的图形面积，并求圆周率近似值吧。举例来说，如下图所示，将正方形切成 3×3 等分，构成八边形，计算所得的圆周率大约是多少?

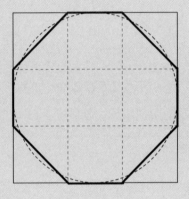

※ 埃及的莱茵德纸草书（Rhind Mathematical Papyrus）中，有类似的题目。

第 5 章　绕着圈子前进

●研究问题 5-X1（反向旋转）

在第 5 章，我们利用 $\sin\alpha,\ \cos\alpha,\ \sin\beta,\ \cos\beta$ 四个数，表示 $\sin(\alpha+\beta)$。现在，请你用这四个数来表示 $\sin(\alpha+\beta)$。

●研究问题 5-X2（另一个和角公式）

在第 5 章，我们利用圆来求 sin 的和角公式。

$$\sin(\alpha+\beta) = \sin\alpha\cos\beta + \cos\alpha\sin\beta$$

请利用同样的方式，求 cos 的和角公式，如下式。

$$\cos(\alpha+\beta) = \cos\alpha\cos\beta - \sin\alpha\sin\beta$$

●研究问题 5-X3（倍角公式的一般化）

问题 5-3 答案（第 272 页）以 $\sin\theta$ 和 $\cos\theta$ 表示 $\sin 2\theta$ 与 $\sin 4\theta$。请用同样的方式，以 $\sin\theta$ 和 $\cos\theta$ 表示 $\sin 3\theta$ 与 $\sin 5\theta$。

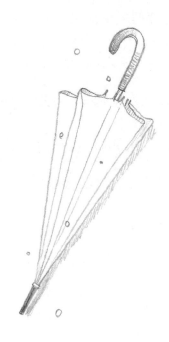

●研究问题 5-X4（倍角公式与利萨如图形）

第2章的利萨如图形中，有个图形很像抛物线，如下图所示。

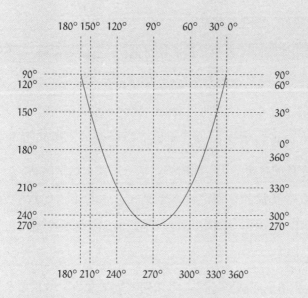

点 $(x, y) = (\cos\theta,\ \sin(2\theta + 90°))$ 的图形

请利用以下两式，判断这个图形是否为抛物线。

$$\sin(\alpha + 90°) = \cos\alpha \qquad \text{sin 与 cos 的关系}$$

$$\cos 2\beta = 2\cos^2\beta - 1 \qquad \text{倍角公式}$$

后记

大家好，我是结城浩。

感谢你阅读《数学女孩的秘密笔记：三角函数篇》。不知你是否想过，"三角"函数为什么会"圆圆的"呢？

本书由 cakes 网站所连载的"数学女孩的秘密笔记"第 21 回至第 30 回重新编辑而成。如果你读完本书，想知道更多关于"数学女孩的秘密笔记"的内容，请一定要上这个网站。

"数学女孩的秘密笔记"系列，以平易近人的数学为题材，描述初中生由梨，高中生蒂蒂、米尔迦和"我"尽情探讨数学知识的故事。

这些角色亦活跃于另一个系列"数学女孩"中，该系列是以更深奥的数学为题材所写成的青春校园物语，也推荐给你！

请继续支持"数学女孩"与"数学女孩的秘密笔记"这两个系列！

日文原书使用 LaTeX2 与 Euler Font（AMS Euler）排版。排版参考了奥村晴彦老师所作的《LaTeX2ε 美文书编写入门》，绘图则使用 OmniGraffle、TikZ 软件，以及大熊一弘先生（tDB 先生）的初等数学编辑软件 macro emath，在此表示感谢。

感谢下列各位，以及许多未具名的朋友，阅读我的原稿，并提供宝贵的意见。当然，本书内容若有错误，皆为我的疏失，并非他们的责任。

赤泽凉、五十岚龙也、石宇哲也、石本龙太、稻叶一浩、上原隆平、内田阳一、大西健登、川上翠、木村岩、工藤淳、毛冢和宏、上泷佳代、坂口亚希子、西原早郁、花田启明、林彩、原伊纯、平井香澄、藤田博司、梵天由登里 (medaka-college)、前原正英、增田菜美、松浦笃史、三宅喜义、村井建、村田贤太 (mrkn)、山口健史。

感谢一直以来负责"数学女孩的秘密笔记"与"数学女孩"两个系列的 SB Creative 野哲喜美男总编辑。

感谢 cakes 网站的加藤贞显先生。

感谢所有支持我写作的人。

感谢我最爱的妻子和两个儿子。

感谢阅读本书到最后的各位。

我们在"数学女孩的秘密笔记"系列的下一本书中再见吧！

结城浩

版 权 声 明